CLAIR DE BULLE

FLORENCE KIOUS

CLAIR DE BULLE

Roman

EDITIONS PRISMA

Responsable éditoriale : Ambre Rouvière
Assistante éditoriale : Adèle Jacquet
Correction et composition : Nord Compo Multimédia
Conception graphique de la couverture : Nord Compo Multimédia
Illustration de couverture : © Shutterstock

ISBN : 978-2-8104-2852-6

PEFC 10-31-1601
Promouvoir la gestion durable de la forêt
pefc-france.org

Depuis 2009, Prisma Media met en place une politique d'achat éco-responsable. Ainsi, près de 100 % du papier de nos magazines est certifié PEFC (gestion durable des forêts). La fabrication des livres des Éditions Prisma s'inscrit également dans cette démarche.

À ceux que j'aime d'amour et d'amitié.

Macaron goût réglisse,
parce qu'il est noir de chez noir,
haute tension garantie !

6 février, 19e semaine

Bébé joue avec son cordon ombilical. Il dort dix-huit heures par jour.

J'adore ces vitrines où sont exposées des scénettes miniatures. Une cuisine à l'ancienne, un salon de thé, une bibliothèque, une chambre de bébé… Il y en avait une sur l'étagère au-dessus de mon bureau quand j'étais petite. J'avais déposé mes vieux chaussons de danse sur le dessus, une paire de pointes tout usée dont les cordons de satin pendaient joliment, et je pouvais les contempler (la vitrine et les chaussons) pendant de longs instants lorsque j'étais assise à mon bureau, c'était un moyen infaillible de ne plus être assise sagement à mon bureau, mais ailleurs, en mouvement. Un moyen infaillible et sans danger car quand ma mère entrait dans ma chambre, elle me retrouvait bien telle qu'elle m'avait laissée. Mais dès qu'elle repartait, j'examinais à nouveau, sans jamais m'en lasser, la petite commode de bois blanc, le berceau et son tour de lit coloré, l'espace à langer, le tapis d'éveil, les peluches déposées de-ci de-là. Il n'y avait pas de bébé visible, mais l'on sentait sa présence en creux, telle une trace rose et délicatement parfumée, telle une invitation à rêver… J'adorais la regarder, cette vitrine ! J'adorais la perfection qui régnait dans cet espace hors de toute réalité, la profusion de détails, l'arrangement maîtrisé. Chaque chose y était à sa juste place. Chaque objet choisi dans le moindre de ses aspects. Tout cela m'apaisait.

Moi, c'est Claire et malgré tout ce que je viens de dire, je tiens à préciser que la grossesse n'était pas mon idée. Je ne dis pas ça pour me plaindre. Je le dis seulement parce que c'est la vérité. La grossesse était en fait une réponse au trop entendu : « Et le bébé alors, c'est pour quand ? » Pas un désir, pas un besoin, pas de chronobiologie impliquée. Seulement le fait qu'il voulait un bébé (Valentin, le père) et que ma mère trouvait qu'à mon âge (trente-six ans), il était grand temps. Donc je l'ai fait, parce que c'est aussi une chose qui me définit assez bien maintenant que j'y réfléchis : je fais ce qui se fait. Je suis un être hyperadapté. Voire suradapté. J'ai donc arrêté la pilule et ça a tout de suite pris. Aussi injuste cela soit-il.

J'ai donc prévenu qui de droit : mon chef de service a bien grimacé très légèrement, mais il l'a joué fair-play et m'a seulement demandé : « Tu es sûre que c'est le bon moment ? »

Non. Non, je n'en étais pas sûre. Mais honnêtement, ce ne serait pas non plus le bon moment l'année suivante. Ni l'année d'après. J'avais trente-six ans. Je n'étais pas vieille. Mais je n'étais plus si jeune non plus. Pas pour ces choses-là en tout cas.

Quoi qu'il en soit, le bébé était en route. Dans mon ventre. Et au début tout se passait bien, comme il fallait. J'avais eu quelques nausées, un peu de fatigue, mais rien de bien méchant et puis ça s'était résorbé et j'étais bien décidée à travailler le plus tard possible et à reprendre le plus tôt possible. Prouver que je maîtrisais la situation et que je restais la même et que je ne serais pas de ces mères qui, tout à coup, n'existent plus qu'à travers leur progéniture et en oublient leur vie, leur carrière, leur statut de femme à part entière.

Là, il faut m'imaginer tête haute, allure fière et décidée à ne pas me laisser faire !

Et puis il faut m'imaginer après la troisième alerte quand Valentin m'a traînée aux urgences et quand, après une batterie de tests, on m'a fait comprendre qu'à partir de ce jour-là (à dix-neuf semaines de grossesse exactement, soit à peine plus de quatre mois), je devrais rester allongée jusqu'au terme.

Je n'ai pas tout de suite compris. Je crois que mon esprit était comme embué. Ce qui est assez inhabituel chez moi et je ne le dis pas pour me vanter. Je suis plutôt futée (brillante même si vraiment on donne dans l'honnêteté) et, habituellement, je comprends ce que l'on m'explique. J'entends les sons, j'en tire les mots que j'arrange sous forme de phrases et chaque phrase fait sens, je comprends aussi bien les mathématiques (je travaille dans la finance), les sciences (on vit dans un monde régi par elles, c'est la moindre des choses que de s'y intéresser), l'économie, la littérature (qui me passionnait avant, quand j'avais encore le temps), les langues étrangères... Bref, je comprends les choses, je comprends le monde. Je ne suis pas de ces femmes qui s'appuient sur leur compagnon à la moindre difficulté, je gère moi-même toute notre vie, les factures, les impôts, l'organisation de la maison et des vacances. Je compte sur moi pour tout et c'est bien comme ça, j'ai été élevée comme ça et c'est ce qui explique que j'ai été étonnée de ne soudain plus rien comprendre à rien.

Je regardai autour de moi. La petite salle où nous étions installés. Le lit d'hôpital, la perfusion que l'on m'avait posée et le monitoring pour écouter le battement de cœur du bébé. Le médecin et sa blouse d'un vert d'eau que j'aurais peut-être trouvé joli (le vert, pas le médecin) en d'autres circonstances. Les murs plus si blancs. Les instruments métalliques, les poubelles pour déchets toxiques.

J'essayai de ne pas me concentrer sur les odeurs caractéristiques de ces endroits-là. Je ne les aimais pas et mes hormones n'y prenaient pas un plaisir fou non plus, si bien que les nausées s'en revenaient. Par vagues inconfortables.

Valentin avait sans doute reconnu quelque chose comme de la panique dans mes yeux car il demanda :

– C'est-à-dire, docteur, vous voulez dire qu'elle devra s'allonger le plus possible ? En rentrant du travail ?

J'écoutai les gens passer dans le couloir, pressés, les chariots que l'on poussait, les brancards, les gémissements de certains malades, les cris de certains autres et le grand silence dans lequel la plupart attendaient qu'on leur porte assistance. Mais la voix du médecin m'empêchait de me concentrer sur ce qui se passait ailleurs.

– Non, ce n'est pas ce que je veux dire et ce n'est d'ailleurs pas du tout ce que j'ai dit ! J'ai dit que si vous voulez avoir une chance de mener cette grossesse à terme et si vous voulez donner naissance à un bébé qui aura eu le temps nécessaire pour se préparer, alors, elle va devoir, à partir d'aujourd'hui, rester allongée matin, midi et soir.

– Vous plaisantez !

Ça, c'était moi. Je ne suis pas comme ça d'habitude, je n'interjette pas à tout-va ! Je ne remets pas en question les médecins dans l'exercice de leur fonction ! Mais là ! Là !

– Non, madame, je ne plaisante pas ! Mais vous pouvez aller demander un autre avis, je ne le prendrai pas mal. Je suis seulement certain que mes confrères seront d'accord avec moi. Il n'y a malheureusement pas d'autre solution !

– Mais mon travail ?

– Il vous attendra !

Et j'ai éclaté de rire au nez du pauvre homme. Et je sais bien ce qu'il a dû penser de moi ! Du genre de mère que j'allais être pour ce bébé innocent qui n'avait rien demandé et se retrouvait coincé dans un utérus inhospitalier. Rien que son expression m'a donné envie d'être la meilleure mère de la terre, juste pour lui prouver qu'il se trompait. Et je sais, c'est pathétique !

Nous sommes rentrés à la maison et Valentin m'a installée au lit. Je n'en menais pas large. Je me sentais épuisée, mais l'idée de me recoucher m'était insupportable. Je l'ai fait tout de même. Par devoir, j'imagine, et je l'ai écouté remuer des choses en bas dans la cuisine. Il me préparait une infusion. Il allait me la monter sur un petit plateau avec quelques biscuits à l'avoine et au chocolat noir. Il allait le déposer devant moi ce plateau, me regarder timidement, je lui sourirais et je savais très bien qu'après ça, il ne saurait plus quoi faire.

Il n'oserait pas plaisanter : « Eh ben, veinarde ! Tu vas passer cinq mois au lit tous frais payés ! » Il n'oserait pas parler business : « Merde ! Comment tu vas faire pour le boulot ? Ils vont flipper ! » Il n'oserait pas non plus parler de *son* business : « Ça tombe mal, je pars la semaine prochaine ! Tu crois que je devrais voir si je peux… s'il serait possible de… »

Oui, parce que le truc c'est qu'il s'apprêtait à partir en République tchèque. Dans un bled paumé de chez paumé. Au milieu de rien et loin d'absolument tout. Et on s'était mis d'accord : c'était pour seulement quelques mois. C'est vrai que ça tombait mal avec le bébé en route, mais en même temps c'était une super opportunité et s'il la refusait, ça mettrait un sacré coup de frein à son avancement. Ça montrerait qu'il n'était pas à cent pour cent et celui qui accepterait à sa place lui passerait devant pour à peu près tout tandis que s'il acceptait, avec un bébé en route en plus, ça montrerait à tout le monde à quel point il était investi et solide. Et on lui avait bien fait comprendre qu'à son retour, un autre poste l'attendrait avec plus de responsabilités et le salaire qui irait avec. Je n'avais pas hésité alors que lui n'était pas sûr, je lui avais dit de foncer et, maintenant, il devait partir, je le savais et il le savait. J'allais me retrouver seule au monde avec ce bébé dans mon ventre qu'il allait me falloir protéger et plus rien d'autre à faire que rester couchée toute la journée et plus rien d'autre à voir que ma chambre et plus rien d'autre à entendre que le silence et plus rien d'autre à sentir que mes draps sur ma peau distendue et plus rien d'autre à goûter que l'amertume de la solitude. Intense, je sais !

Mais non, il n'oserait pas.

Il déposerait le plateau, il disparaîtrait et je resterais là. Il fallait bien que je m'habitue de toute façon. Je regardai autour de moi. Ma chambre était telle que je l'avais toujours rêvée. Plafonds, moulures, meubles blancs. Murs et rideaux gris perle. Le couvre-lit et les nombreux coussins, blancs, gris et bleu doux, les cadres épurés, baguette blanche, passe-partout blanc, motifs esquissés en bleu ou vert, une lampe sur pied et à l'abat-jour blanc sur la commode blanche, un vase blanc, tout simple, et quelques fleurs blanches, encore. Et puis la cheminée de marbre blanc face au lit, le miroir blanc qui la surplombe et les deux orchidées blanches qui l'ornent. Un fauteuil blanc. Quelques coussins bleus et verts. Une armoire blanche, évidemment. Ma chambre était comme l'une de ses vitrines miniatures. Parfaite et lumineuse. Chaque objet à sa place. Et puis surtout, il y avait le bow-window qui donnait sur la rue parce que nous avions cherché dans toute la ville une maison où il y aurait un bow-window dans la chambre et nous avions fini par la dénicher. Nous y avions fait aménager une banquette, en lin gris perle, de gros coussins moelleux bleus et verts, et le dessous de la banquette était une bibliothèque, c'était si joli ! Les tons en étaient si doux et les matières si parfaites ! Je la regardais chaque jour avec ravissement.

Même si je ne m'y installais jamais. J'avais mis dans la bibliothèque des livres que j'avais lus il y a longtemps, dans mon enfance, mon adolescence. Mais plus jamais après. Parce que je n'avais pas le temps. Je n'avais plus jamais eu le temps. J'avais appris à vivre comme ça, sans me poser de questions, à cent à l'heure, des semaines folles à partir tôt et rentrer tard. Le week-end pour les papiers, la maison, les courses, les expositions, les sorties et le dimanche pour sortir aussi, à la mer le plus souvent, qu'il pleuve, qu'il vente, qu'il neige, et même s'il ne neigeait pas si souvent et même si le plus souvent il faisait grand soleil ! Ciel grand bleu ! Qu'allais-je faire de ma vie dans ce lit où il n'y avait pas le ciel, pas la mer et où il n'y avait pas de contraintes pour me dire quoi faire et quand le faire ?

Qu'allais-je faire ?

Valentin m'avait bien monté le plateau et puis il était redescendu, comme prévu. J'allais écrire : « comme convenu ». J'étais restée là à regarder l'infusion, mais sans y toucher. À me demander si cela allait être comme ça. Dorénavant. Je l'avais entendu sortir et j'étais restée là. À m'habituer.

Le téléphone était près de moi et je savais que j'aurais pu (dû ?) appeler ma mère. La prévenir. Lui dire. Mais je savais aussi que je voulais d'abord réfléchir à tout ça. Veiller à ce qu'elle ne débarque pas tout de suite. Ne vienne pas m'expliquer que j'avais sans doute fait quelque chose de travers pour en arriver là.

Qu'on ne se méprenne pas. J'ai un immense respect pour ma mère et elle est toujours la bienvenue chez moi, mais je n'étais pas emballée à l'idée qu'elle allait essayer de me faire comprendre à quel point j'avais besoin d'elle, à quel point je me débrouillais mal, à quel point il ne fallait surtout pas que je m'habitue au luxe de ne rien faire de ma vie, au risque de devenir une assistée…

C'était probablement injuste de ma part, mais je savais que c'était très exactement ce qui se passerait. À la minute où elle saurait. Je le savais comme je connaissais mes formules mathématiques. Je le savais avec une certitude proche de la perfection et si je le savais si bien, c'est parce qu'elle m'avait beaucoup entraînée à le savoir, longuement et durement.

J'étais donc restée là, immobile, inutile. Je voulais réfléchir à ce que j'allais faire (demander un deuxième avis, appeler le travail, envoyer mon certificat, trouver une solution pour les courses, le ménage, les repas…) et comment j'allais le faire, mais étonnamment le temps avait passé, il avait comme glissé sur moi et les minutes étaient devenues des heures et le jour avait commencé à décliner sans que je m'en aperçoive. Quand Valentin était rentré, il était monté me voir, j'avais entendu ses pas dans l'escalier, j'avais senti qu'il m'espérait endormie et qu'il avait été déstabilisé de me voir là, dans le noir, les yeux grands ouverts à fixer le gris des murs, par ailleurs fort joli, que j'avais choisi quand nous avions emménagé ici, il y avait quatre ans.

Il m'avait embrassée sur le front et dit :

– J'ai réfléchi ! Je vais leur expliquer au boulot, ils vont comprendre, c'est sûr ! Et puis ce n'est pas si grave, il y aura d'autres opportunités !

Et heureusement, il y a le langage du corps. C'est merveilleux le langage du corps, c'est une façon de dire la vérité, même quand on ne se sait pas assez courageux pour la dire ! Son corps disait qu'il ne voulait pas rester. Son corps disait qu'il n'aimait pas me voir comme ça. Son corps disait que l'idée de me retrouver chaque soir, dans ce lit, et imaginer que j'avais passé la journée là, sans bouger, sans rien faire de ma vie, seulement à engraisser…

Et si ce n'est pas ce que son corps disait, c'est ce que le mien criait.

– Non ! Valentin, arrête, je t'en prie ! Tu vas aller là-bas et c'est tout aussi bien ! Pour toi. Comme pour moi.

Il n'a pas discuté, il s'est levé et est redescendu se préparer à dîner. Il m'a crié depuis la cuisine :

– Tu as faim ?

– Non ! Merci !

Je n'ai pas répondu bien fort. Je ne suis pas sûre qu'il m'ait entendue. Toujours est-il qu'il n'a plus demandé. Il a mangé et puis, je ne sais pas, il a dû regarder une série ou quelque chose. J'ai allumé une petite lampe de chevet et fini par m'endormir sans m'en apercevoir. Quand je me suis réveillée le lendemain matin, il était parti.

Je pensais partir pour une longue journée à tourner en rond, mais j'ai entendu la porte d'entrée s'ouvrir et quelqu'un crier :

– Claire ?

La voix m'était totalement inconnue. J'aurais été terrorisée si elle n'avait pas manifestement eu ma clé (mais comment ?) et si elle n'avait pas manifestement eu l'intention de se faire remarquer. Un cambrioleur aurait probablement agi différemment. Et puis elle connaissait mon prénom. J'en étais encore à y réfléchir (c'était officiel, j'étais devenue effroyablement lente) quand elle débarqua dans ma chambre.

Elle, son incroyable chevelure rousse, ses pieds nus, sa robe de hippie, ses bracelets jusqu'au coude et son sourire un rien flippant :

– Enchantée, je suis Bulle, la voisine, on s'est croisées une fois ou deux !

Sans blague !

– Valentin m'a demandé de passer ! Alors je suis passée !

Et c'est comme ça que Bulle et moi nous sommes rencontrées…

Macaron triple chocolat, *seulement* parce que c'est riche en magnésium !

7 février

Sur le coup, si j'avais eu Valentin sous la main, il me paraît évident que je l'aurais étranglé. Et étripé. Et dépecé. J'étais réellement furieuse et aujourd'hui encore je me souviens de ce sentiment, de la violence de cette émotion.

Il avait donné nos clés à une parfaite étrangère pour qu'elle vienne voir à quel point j'étais pathétique ! Je crois que c'était la pire chose que je pouvais imaginer ce matin-là ! La pire chose qu'un être humain pouvait faire à un autre être humain. Et bien sûr, je réalise que c'était une réaction extrême et parfaitement disproportionnée. Bien sûr, je réalise qu'il avait essayé de bien faire, qu'il avait cherché une solution, n'importe quelle solution. Bien sûr, je sais que ce n'était pas facile pour lui non plus, qu'il allait devoir continuer à avancer, qu'il allait devoir partir à l'étranger et laisser sa compagne seule à la maison, avec un bébé pas encore né et qui menaçait de ne pas naître du tout, bien sûr, j'imagine aujourd'hui l'amour, la peur, la culpabilité qui devaient se débattre en lui. Mais sur le coup, je ne pensais pas à lui. Je pensais à peine au bébé. Je ne pensais qu'à moi et au fait que je ne voulais pas, que je ne pouvais absolument pas devenir une assistée et, pire encore, me faire assister par cette femme qui m'était opposée en à peu près tout. Ma voisine. Bulle !

Déjà, qui s'appelle Bulle ?

Oui, nous nous étions croisées quelques fois. Pas souvent. Nous n'avions pas exactement les mêmes horaires. Ou plus exactement, j'avais des horaires et elle pas vraiment.

J'avais cru deviner trois enfants. Trois filles. Toutes plus débraillées les unes que les autres.

Elle nous avait apporté des cookies lorsque nous avions emménagé. Et tenté de nous inviter plusieurs fois à goûter avec eux le dimanche. Mais je n'avais pas été prête à sacrifier mon après-midi à la plage pour le passer dans un endroit qui devait sentir le patchouli et la pisse de chat (les hippies ont souvent un truc avec les chats), avec des gamines que j'imaginais mal élevées, en train de courir, de crier, de brailler, de gesticuler et de sauter sur les canapés. Nous avions gentiment refusé une fois, deux fois, trois fois et puis elle avait laissé tomber.

Valentin avait un peu regretté. À cause des cookies qui, je cite, étaient une tuerie !

Bref, c'est à peu près ce à quoi nos échanges s'étaient limités jusqu'ici. Et quatre ans plus tard, je me réveillais, pas très fraîche, pas coiffée, dents pas lavées, pour me retrouver avec cette femme dans ma chambre ! Ma chambre à coucher ! L'endroit le plus intime qui soit !

– Jolie chambre !

Elle regardait partout, l'air ravi !

– Tu savais qu'on a exactement les mêmes maisons, mais en miroir ? On a la même chambre que vous, mais on n'a pas aménagé le bow-window comme vous l'avez fait, c'est magnifique ! J'adore ! Je peux ?

Elle s'était déjà installée à la fenêtre, avait froissé mes coussins et posé ses pieds, qui avaient traîné on ne sait où, sur le lin gris perle de ma banquette ! J'eus un haut-le-cœur que je réprimai à grand-peine. Heureusement, elle s'était relevée et avait commencé à fouiner parmi les livres de ma bibliothèque.

– Tu ne lis que des classiques ? Je devrais m'y remettre ! J'adorais ça avant, mais je me suis laissé entraîner par la littérature contemporaine ! Ce qui n'est pas mal non plus, hein ! Tant qu'on a des livres, tout va ! Mais ça ! La vache ! Chateaubriand, *Mémoires d'outre-tombe* ! J'avais adoré ! J'avais quoi ? Quatorze ? Quinze ans ? Et *Les Liaisons dangereuses* !

Alors elle s'était réinstallée et elle avait commencé à lire à voix haute ! Et c'était improbable.

Une inconnue dans ma chambre. Un jeudi matin. Il était un peu plus de neuf heures. J'aurais dû être ailleurs. J'aurais dû être en réunion, plus précisément. Une réunion importante que je devais mener. Et je ne savais pas comment ils allaient gérer ça. Mon absence. Il fallait impérativement que je les contacte et à vrai dire, je ne comprenais même pas ce que j'attendais. Je regardai l'ordinateur portable sur la petite table de chevet, à mes côtés. Et je vis dessus un petit mot de Valentin qui m'avait échappé :

J'ai prévenu ton travail. Ils disent de te reposer. De prendre le temps nécessaire. Que le bébé est plus important que tout ! Qu'ils se débrouilleront.

Je rentrerai à midi t'apporter à manger. J'ai laissé la clé à la voisine au cas où. N'hésite pas à m'appeler !

Je t'aime,

Val

Aussi étonnant que cela puisse paraître, j'étais soulagée de ne pas avoir à appeler mon boulot. Je n'aurais pas aimé, je crois, les entendre me dire que c'était OK, qu'ils allaient très bien se débrouiller sans moi.

Je reportai mon attention sur la voisine. Elle lisait toujours. Son profil se détachait devant la fenêtre. Sa voix était claire et douce et elle me dérangeait moins ainsi, sans doute parce qu'elle ne me regardait pas, qu'elle ne s'occupait pas de moi.

Peu à peu, je m'apaisai. Je réalisai que nous avions été vite en besogne. Que nous n'avions pas encore demandé de second avis. Que ce n'était peut-être qu'une exagération de la part du médecin. Qui voulait se protéger. Après tout, les gens étaient devenus tellement procéduriers. Non, j'étais sûre qu'après quelques jours de repos, lundi disons, je pourrais avoir l'autorisation de reprendre le travail, à condition de le faire tranquillement, de ne pas exagérer, de me ménager. Je pourrais même voir si le télétravail ne pourrait pas être une solution. Un ou deux jours par semaine. De manière à vraiment prendre soin du bébé.

Je me sentais mieux tout à coup. Beaucoup plus confiante. Oui, j'étais soudain persuadée que tout allait s'arranger, qu'il n'y avait pas de quoi dramatiser.

Je repoussai les couvertures et me levai brusquement, ce qui fit s'arrêter la voisine au beau milieu d'une phrase.

– Mais qu'est-ce que tu fais ?

– Je vais faire pipi et me doucher et m'habiller ! Je ne vais pas passer toute ma journée en pyjama non plus !

Car s'il faut savoir une chose sur moi, c'est que je n'avais jamais, aussi loin que je m'en souvienne, passé de journée en pyjama. Même enfant. Même malade. Passer la journée en pyjama était pour moi de l'ordre de l'inimaginable, le degré zéro du laisser-aller, le début de la fin. Et je n'étais pas prête à ça ! Certainement pas !

– Le pipi, c'est OK. Pour le reste, j'appelle Val !

Val ? Depuis quand elle l'appelait Val ?

– Val ?

– Oui, pour lui demander ce qu'a dit le médecin à propos de la douche. Vous en avez parlé ?

– Non, pas vraiment !

– Je ne crois pas que ce soit une bonne idée ! Un bain, peut-être ?

– Un bain ?

Qui prend des bains ?

– On n'a pas de baignoire de toute façon !

– Quoi ? Mais si, on a la même salle de bains et...

– On a fait retirer la baignoire, ça prend de la place inutilement !

Elle a poussé un soupir à fendre l'âme. Je la désespérais ! Parfait ! Elle allait ficher le camp et me foutre la paix ! Sauf que non. Elle sortit un portable improbable (à touches !) de l'une des poches de sa robe, choisit un des trois numéros préenregistrés qu'on devait pouvoir entrer là-dedans et tendit un doigt vers moi pour m'intimer de faire silence ! Chez moi ! Dans ma chambre !

– Val ? C'est Bulle !

Même moi, je ne l'appelle pas Val ! Je n'aime pas trop les diminutifs, c'est... je ne sais pas, c'est réducteur, je suppose. Un peu bêtifiant ! Mais ça ne semblait pas la déranger. Avec une pointe de hargne, je me demandais quel serait le diminutif de Bulle ? Bubulle ? Je ricanais en me levant et en enfilant mes chaussons. Je fus aussitôt prise d'un vertige qui me rassit avec sévérité.

Elle se précipita tout en continuant sa conversation avec *Val*. Elle me maintint assise en exerçant une pression sur mon épaule tout en faisant des *Mmm ! Mmm !* dans son téléphone à deux balles. J'avais une envie furieuse de lui envoyer un coup de pied dans le tibia, mais j'avais aussi terriblement envie de faire pipi et je ne me sentais pas de me lever toute seule. La poisse !

Elle finit par raccrocher et se pencha vers moi pour m'aider à me relever. Elle m'obligea à rester debout sans bouger quelques instants, ce qui n'était pas la pire idée de la matinée. Tout tournait autour de moi et ce devait être lié au fait qu'en y réfléchissant bien, je n'avais rien mangé depuis un bon moment. J'avais été réveillée la nuit précédente par des douleurs dans le ventre. Donc pas de petit déjeuner et nous avions passé huit bonnes heures aux urgences avec Valentin (Val-en-tin ! Trois syllabes, merci !) et je n'avais donc pas déjeuné et j'avais laissé de côté l'infusion et les petits gâteaux de la veille et je n'avais pas dîné non plus. Donc oui, les vertiges n'étaient rien qu'un peu de faim (et bien sûr, je n'avais pas faim. Mais ça ne signifiait pas que je n'avais pas faim ! Bref, je me comprenais !).

Elle m'accompagna jusqu'aux toilettes et là je me tins au lavabo et la regardai avec insistance jusqu'à ce qu'elle dégage.

– Je reste devant la porte. Tu ne fermes pas à clé ! Val est en train d'appeler le médecin pour avoir plus de détails. Visiblement, tu étais un peu sous le choc hier et vous êtes partis sans avoir parfaitement balisé le terrain.

Elle sortit. Je me laissai tomber sur le siège des toilettes. J'avais froid. Je me sentais épuisée, mais ce n'était pas grand-chose. Je réfléchissais à toute vitesse. Moi aussi j'allais appeler quelqu'un. Je ne savais pas encore qui, mais je voulais absolument un autre avis. Je ne pouvais pas rester comme ça. Il fallait que quelqu'un de raisonnable puisse réaliser que j'allais parfaitement bien et que ce bébé allait parfaitement bien et il fallait que cette personne parfaitement raisonnable m'autorise à reprendre ma vie. J'en avais assez de ces alarmistes qui croyaient que tout devait s'arrêter à la première difficulté. Ce n'était pas ce que j'avais appris. J'avais appris qu'il fallait toujours avancer, toujours continuer, toujours persévérer, j'avais appris qu'on ne gagne rien à trop s'écouter et que si je m'étais écoutée, si l'on m'avait écoutée, alors je n'en serais pas là, je ne serais pas la plus jeune femme ayant jamais exercé de telles responsabilités dans mon entreprise ! Je ne serais pas cette personne si forte et si…

– Claire ? Ça va ?

Je l'avais oubliée celle-là !

– Veux-tu que je vienne ?

– NON !

Et puis quoi encore ? Je finis ce que j'avais commencé, me relevai et ouvris la porte. Elle me récupéra et me raccompagna à mon lit. J'aurais pu insister pour aller à la salle de bains, mais chaque chose en son temps. Je devais d'abord réfléchir.

Son téléphone sonna à nouveau et elle recommença ses *Mmm ! Mmm !*.

Je n'avais pas grand-chose à quoi réfléchir. Je savais qu'il me fallait appeler ma mère. Elle saurait quoi faire ! Bien sûr, j'allais l'entendre, mais elle au moins ne penserait jamais que je devais rester sans bouger, à ne rien faire ! Elle au moins comprendrait que je devais continuer ! Elle me trouverait un bon médecin. Qui m'autoriserait à travailler comme prévu, le plus tard possible !

J'attrapai mon portable et fis signe à Bulle que je voulais un peu d'intimité. Elle hocha la tête, toujours pendue à son instrument préhistorique, et sortit de la chambre puis referma la porte derrière elle. J'inspirai profondément et avant de changer d'avis, j'appelai ma mère.

Elle répondit après trois sonneries.

– Chérie, c'est toi ? Tu n'es pas au travail ?

Enfin une question sensée !

– Non, maman, je suis arrêtée et c'est pour ça que je t'appelle !

– Tout va bien ? Et le bébé ?

– Oui, tout va parfaitement bien, ne t'inquiète pas ! C'est seulement cet idiot de docteur qui se la joue hyper-protecteur !

– Comment ça ?

– J'ai eu un peu mal et tu connais Val, il...

– Encore ? Mais c'est la troisième fois, chérie !

– Oui, c'est pour ça que j'ai accepté d'aller aux urgences, mais le médecin veut que je reste à la maison maintenant !

– Eh bien, ça me semble raisonnable !

– Non, tu ne comprends pas ! Il veut que je reste jusqu'à terme ! Au lit ! Pendant cinq mois !

– Oui, ce sont des choses qui arrivent !

– Comment ça, ce sont des choses qui arrivent ? Mais pas à moi !

Elle a ri. Je l'ai entendue. Distinctement.

– Comment ça, pas à toi ?

– Eh bien, je ne peux pas rester sans rien faire pendant cinq mois ! Il n'en est pas question !

– Je l'ai bien fait, moi !

– Quoi ?

– Je l'ai bien fait, moi ! Les deux fois ! Pour ton frère et pour toi.

Je ne savais pas. Pourquoi est-ce que je ne le savais pas ? Je ne savais plus quoi dire.

– Je... je voudrais un deuxième avis...

Et je me détestais. À cause de cette voix hésitante soudain.

– Oui, c'est bien normal, mais écoute chérie, les médecins savent ce qu'ils font ! Je peux quand même demander au Dr Bourhis de passer te voir ce soir. Il viendra volontiers ! Tu as les résultats de tes examens à la maison ?

– Oui, bien sûr !

– Alors c'est réglé ! Tu veux que je vienne aussi ?

– Non, non, pas la peine, je vais bien. Vraiment ! Et puis Valentin est encore là pour quelques jours et il y a ma voisine qui est à la maison !

– Quelle voisine ?

– Bulle.

– Qui s'appelle comme ça ?

– Exactement ! Non, je veux dire, non ! Elle est très gentille et elle est là et je n'ai besoin de rien, je t'assure ! Seulement que le médecin vienne et se rende compte que tout ça est une terrible erreur et me laisse repartir au travail après quelques jours de repos !

– Je l'appelle chérie, je l'appelle ! Mais Claire…

– Oui ?

– Ce n'est pas si terrible, tu sais !

Je n'en revenais pas qu'elle me dise une chose pareille. Elle ! À moi ! Je préférais ne pas…

– Merci, maman, je dois y aller, bonne journée !

– Claire !

– On se tient au courant, bisous !

Et j'avais raccroché. Je n'en étais pas très fière, mais je lui avais raccroché au nez. Je laissai retomber ma tête contre l'oreiller. J'avais une terrible envie de dormir ! Au beau milieu de la matinée ! Je ne me reconnaissais plus, mais je me dis qu'il pouvait être utile de me reposer. Être en pleine forme lorsque le médecin passerait ce soir. Lui montrer. Lui prouver.

Bulle revint. Je n'ouvris pas les yeux. Elle ne se laissa pas berner.

– Il faudra qu'on parle, Claire !

– Non !

Les yeux toujours fermés.

Je voulais qu'elle parte, mais elle s'assit à nouveau devant la fenêtre et reprit le livre et recommença à lire.

Et étrangement, c'était bien aussi !

Elle est restée toute la matinée et puis elle est rentrée chez elle à midi. Elle s'était arrangée avec une amie à elle pour qu'elle lui dépose ses filles. Elle avait déjà préparé à déjeuner.

Elle me raconta sa vie entre deux lettres des *Liaisons dangereuses*. Et que sa fille aînée, Garance, était la première de sa classe. Un drôle de petit oiseau, toujours très sérieux, qui était né avec un mode d'emploi de la vie, savait toujours ce qu'il fallait faire et comment il fallait le faire. C'était étrange de l'observer et de tellement apprendre d'elle et Bulle devait toujours faire bien attention à ne pas trop montrer son admiration parce qu'elle avait peur que son aînée n'impressionne trop les deux petites, comme elle impressionnait sa mère, et que les plus jeunes ne se mettent dans la tête qu'elles ne seraient jamais à la hauteur.

Je l'écoutais et je réalisais petit à petit que je l'avais jugée sans la connaître. Qu'elle était une maman attentionnée et que ses filles semblaient parfaitement fréquentables.

Je l'écoutais et je me demandais comment ce serait pour moi. Quelle mère je serais. Je ne m'étais jamais posé la question. J'avais toujours posé un regard plutôt distancié sur ces histoires de relations parents-enfants. Ma relation avec mes parents avait été ce qu'elle avait été et je n'avais pas spécialement envie de m'étendre là-dessus. Leur relation avec mon frère avait été un désastre.

Ma relation avec mon frère avait été un désastre.

Mon frère était un désastre.

Mais la vérité est que toutes les choses dont parlait Bulle me paraissaient étranges et je me demandai s'il ne serait pas temps pour moi de commencer à me poser des questions là-dessus. Juste avant que le ciel ne me tombe sur la tête, c'est-à-dire.

Elle me parlait de ses filles avec chaleur et sans mièvrerie et ce n'était pas comme font ces mères insupportables qui vous prennent en otage de leur parfait rejeton. Non, ce n'était pas comme ça.

Je l'écoutais avec plus d'attention que je n'en avais jamais porté à ces choses. Et je prenais des notes mentalement.

Je notais par exemple que Garance était une fillette dont je pourrais être proche. Une petite qui s'était responsabilisée et autonomisée sans que personne le lui demande. J'avais le sentiment, très prétentieux et égocentré, qu'elle pouvait me ressembler.

Je notais que Juliette, la deuxième, était un petit être si timide et si discret qu'il arrivait à sa mère de l'oublier. De la laisser dans la voiture tandis qu'elle rentrait les courses et ne s'en rendre compte que plus tard et ressortir en courant et la trouver sagement assise sur la banquette arrière, silencieuse et tranquille. Je reconnaissais là une autre part de moi. Une part lointaine de déjeuners de famille où l'on exigeait de moi que je me fasse oublier. Et je donnais entière satisfaction. Comme toujours.

Quant à Naïs, la petite dernière, elle était ce petit rayon de soleil qui riait tout le temps, pour un rien, et qu'on n'avait presque jamais entendue pleurer de toute sa courte vie. Elle ne me ressemblait pas. Mais c'est à elle que j'espérais plus ou moins consciemment que mon enfant ressemblerait un jour.

Je l'écoutais me dire quelques mots choisis sur chacune de ses filles et je me demandais quel genre de conversation j'aurai avec de parfaits inconnus dans trois ans, dans six ans, dans neuf ans ? Que leur dirai-je qui caractérisera cet enfant qui sera le mien comme l'on esquisse un personnage de quelques coups de crayon ? Que retiendrai-je de chaque instant passé à ses côtés à l'observer grandir ? C'est vertigineux, non ? Chercher à définir un être qui est bien plus que la somme de toutes ses parties. Le ferait-on avec un adulte ? Oui, bien sûr ! Ne le fait-on pas en permanence ?

Je suis Claire. Je suis forte. Je maîtrise la situation.

Je suis Bulle. Je suis un peu folle, mais je gagne à être connue.

Je suis Valentin et je ne sais pas qui je suis. Je me coule dans le moule. Comme une tarte ?

À propos de moule, Valentin était rentré le midi, comme promis, et avait rapporté des sushis. Bulle qui l'avait attendu lui avait hurlé dessus en lui expliquant qu'on ne faisait pas manger de sushis à une femme enceinte et qu'elle allait prendre en main son éducation, et ils avaient ri ensemble et j'avais ressenti quelque chose de pas très agréable au creux de mon estomac.

Elle avait pris les sushis (à ce que j'ai cru comprendre) et avait rapporté une soupe de légumes en échange. Préparée et congelée par ses soins. À laquelle elle avait ajouté deux parts d'une tarte tatin de la veille qu'on avait réchauffée.

Il était monté avec un plateau et on avait mangé ensemble.

C'était un peu étrange. Je ne savais pas trop quoi lui dire et nous nous étions concentrés sur la nourriture qui était juste parfaite. La tarte tout particulièrement m'arracha un soupir de ravissement.

– Je sais ! dit Valentin. Ses gâteaux sont tous divins !

– Et comment le saurais-tu ?

– Tu vas rire !

Je ne vous fais pas un dessin. On rit rarement quand quelqu'un commence sa phrase comme ça. Très rarement. Mais j'étais ouverte et je l'ai laissé essayer de m'amuser.

– Je vais souvent chez elle prendre un café et elle me propose toujours un petit gâteau avec.

– Tu vas souvent chez elle prendre un café ? Mais quand, souvent ?

– Eh bien, ça dépend. Pas si souvent non plus… mais des fois, tu vois ?

Non, je ne voyais pas. Mais alors là, pas du tout !

– Le dimanche des fois…

– Quand je vais à la plage et que tu me dis que tu es trop fatigué pour venir avec moi, c'est ça ?

– Quand je suis trop fatigué pour aller me promener et que je ne veux pas rester tout seul. C'est ça !

– Et pourquoi tu ne me l'as jamais dit ?

– Eh bien, tu sais ! Tu as eu cette façon… dès la première fois… Tu es un peu…

– Je suis un peu quoi ?

– Jugeante, voilà. Voire cassante ! Elle avait voulu nous inviter à goûter et ça m'a gêné que tu ne veuilles pas en entendre parler. Surtout que ces cookies étaient une tuerie !

Oui, c'est bon, on le sait !

– Bref, j'y suis allé, moi. Une fois. Et puis une autre. Le dimanche, c'est sympa chez eux !

Merci pour moi !

– Ils sont tous autour de la table de la salle à manger. Ils ont une table gigantesque. En bois. Et tout le monde s'active ensemble. Bulle fait de la pâtisserie. Luc répare des trucs ou détourne des objets, ça l'éclate, il a fait presque toute la déco de la maison. Et Garance lit ou écrit des histoires ou fait ses devoirs et elle aide ses sœurs et elle aide sa mère ou elle aide son père, cette petite est une fée, partout à la fois. Juliette regarde tout le monde et on ne sait pas trop ce qu'elle fait, mais elle est là. Naïs rigole et elle joue aux poupées ou à la pâte à modeler ou aux perles, elle est toujours occupée et elle babille et c'est un rayon de soleil et…

Je l'écoutais. Il s'était animé au point que la fourchette qui tenait le morceau de tatin tout juste découpé accompagnait ses paroles en sautillant dans les airs et il ne s'en rendait pas compte, absorbé qu'il était par les souvenirs de ses dimanches passés en secret chez les voisins.

J'eus soudain une contraction qui m'aurait clouée au sol si je n'avais pas déjà été couchée. À moins que ce n'ait pas été une contraction. Je ressentis quelque chose de puissant en tout cas. Une colère aveuglante dont je n'avais encore jamais fait l'expérience. Une colère telle que j'eus envie d'être vulgaire et de jeter des choses et de crier des choses, et j'eus envie de lui faire mal et c'était si brutal que j'en eus le souffle coupé.

– Claire ? Ça va ? Tu ne te sens pas bien ?

Il avait posé sa tatin pas finie par terre et s'était précipité, mais je ne voulais pas qu'il s'approche parce que je n'étais pas sûre de ma capacité à me comporter comme un être civilisé s'il venait à être à ma portée. Il n'en prit pas conscience, s'approcha dangereusement et lorsque sa main se posa sur mon front et lorsque je vis l'inquiétude dans ses yeux, je me détournai, fermai les yeux et veillai à l'ignorer.

Il essaya de me raisonner, mais je ne cédai pas et cela gâcha, j'espère, sa pause déjeuner. Le temps passa vite et bientôt il fut parti. J'étais malheureuse. Misérable même. Je priai pour que Bulle ne revienne pas, mais elle fut bientôt là. Je fis semblant de dormir et ne lui adressai pas la parole de l'après-midi, qu'elle passa à lire sur le rebord de ma fenêtre, ses pieds nus sur le tissu clair de ma banquette jusqu'ici immaculée.

Enfin, elle partit, après avoir tenté de me réveiller pour m'accompagner aux toilettes. Mais je faisais semblant de dormir si profondément que je ne l'entendis pas.

Je croyais être débarrassée d'elle et quelle ne fut pas ma surprise quand une heure plus tard, il devait être dix-huit heures, je la vis revenir avec sa toute petite.

– J'ai amené Naïs. Je me suis dit que tu ne ferais pas de caprices devant une enfant de trois ans. Ce serait franchement déplacé !

– Qu'est-ce qu'elle a la dame ?

– Elle va très bien, mais elle doit faire très attention à ne pas déranger le bébé dans son ventre. C'est un bébé qui n'aime pas quand ça bouge.

– Il a le mal de mer ?

– Oui, c'est un peu ça ma chérie !

– Alors tu dois pas bouger, d'accord.

Elle avait dit ça en me regardant droit dans les yeux, avec un sérieux déconcertant.

– Euh, d'accord !

– Génial, et après, moi je pourrai jouer avec ton bébé, d'accord. Je m'en occuperai bien, je lui donnerai son bain aussi et son manger, d'accord.

J'aimais assez, pour tout dire, l'absence d'interrogation à la fin de ses phrases interrogatives. C'était reposant.

– D'accord !

– Claire, ne dis pas d'accord si tu n'es pas d'accord ! Un enfant peut gérer la frustration, pas le mensonge !

Je la regardai avec de grands yeux incrédules ! Et moi alors ? Pourquoi est-ce que je dois gérer les mensonges de Val en plus de la frustration de savoir qu'il est mieux chez toi qu'avec moi ?

– Je ne mens pas ! Ni aux enfants ni à personne. Je ne mens pas, *moi*.

Je sentais que ça montait et j'aurais bien aimé ne pas faire ça devant sa puce.

– On peut savoir de quoi tu parles ?

– Valentin !

– Oui ? Et ?

– Les dimanches après-midi. J'ai découvert aujourd'hui qu'il adorait les passer chez vous pendant qu'il me laisse aller me promener toute seule.

– Et ?

– Comment ça « et » ?

– Oui, et ? Tu n'aimes pas te promener toute seule ?

– Si, mais ce n'est pas la question !

– Non ?

– Non !

– Et quelle est donc la question ?

Elle m'énervait sérieusement. Je voulais rester polie parce que tout de même, elle avait passé sa journée à mes côtés alors qu'elle avait clairement mieux à faire. Et parce qu'elle avait eu le culot d'amener sa fille de trois ans avec elle pour m'obliger à bien me tenir. Je pris une profonde inspiration et répondis le plus civilement que possible étant donné la situation.

– Mais je ne sais pas. Il aurait dû me le dire !

– Te dire qu'il faisait ce que tu ne voulais pas faire pour te laisser faire ce que tu voulais faire ?

– Tu n'es pas obligée de le dire comme ça !

– D'accord ! Comment alors ?

– Tu es toujours aussi énervante ?

Et là, je vis Naïs grimper sur le lit, s'interposer entre Bulle et moi et me regarder en fronçant ses sourcils.

– Ouh là là ! Faut pas parler comme ça à maman toi, hein !

– Tout va bien chérie, ne t'inquiète pas, Claire est seulement fatiguée. Et inquiète pour son bébé !

– C'est vrai, ça ?

La petite me regardait avec ses grands yeux rivés sur moi. Elle était jolie à sa façon. Et je sentis qu'effectivement, je lui devais la vérité.

– Oui, lui avouai-je. Je crois que c'est vrai !

Elle me sourit alors et ce fut comme si quelqu'un avait allumé un projecteur dans la chambre, et elle jeta ses deux petits bras autour de mon cou et elle me serra de toutes ses forces et elle murmura à mon oreille :

– Alors, t'inquiète plus maintenant. Je suis là !

Et à cette seconde, il m'arriva quelque chose qui ne m'était plus arrivé depuis des années. Qui ne m'était plus arrivé depuis si longtemps que je ne me souvenais plus de la dernière fois où ça m'était arrivé, et j'aurais presque pu réussir à me convaincre qu'en fait ça ne m'était jamais arrivé. Je sentis mon cœur se serrer et se relâcher d'un coup et je sentis une larme perler au bord de mes yeux.

Je serrai la petite contre moi. Bulle nous regardait en silence en caressant les cheveux de sa fille. La nuit tombait et les contours de la chambre commençaient à s'estomper doucement.

Nous entendîmes la clé de Valentin tourner dans la serrure et Naïs bondit à sa rencontre.

– Val, c'est moi, Naïs ! Je suis même venue dans ta maison ! Elle est comme ma maison à moi, mais en moche !

J'éclatai de rire et reniflai en même temps. Bulle me sourit en me tendant un mouchoir.

– Ça va aller ?

– Oui, je crois. Pardon, Bulle ! Je ne sais plus trop ce qui m'arrive !

– Les hormones ! C'est génial ces trucs-là ! C'est comme un grand huit à domicile, ouvert vingt-quatre heures sur vingt-quatre ! Tu vas voir, tu vas te régaler ! D'autant qu'après les hormones de grossesse, il y aura celles de la naissance qui ne seront pas mal non plus ! Et puis celles de l'allaitement... Tu es partie pour une belle aventure émotionnelle, crois-moi, j'ai déjà fait le voyage trois fois !

– Merci !

– Oh, mais de rien ! On se voit demain ?

– Nope ! Valentin a pris sa journée !

– Une chance sinon tu n'y aurais pas coupé !

– J'avais cru comprendre, oui !

Nous nous sourîmes.

– De toute façon, il n'y en aura pas pour longtemps. Le médecin de mes parents passe ce soir. Il va me confirmer que je vais bien et lundi je serai de retour au travail.

– Nous verrons !

– Absolument !

– Exactement !

Nous nous sourîmes à nouveau, elle de mon air agacé, moi de son air arrogant, et elle partit rejoindre Val et Naïs en bas.

Le Dr Bourhis vint le soir même à près de vingt et une heures trente, après la fin de ses visites. Il prit connaissance des résultats de mes examens, discuta un moment avec Valentin et moi, m'examina en silence.

Je le connaissais depuis toujours. Il devait avoir près de soixante-douze ans. Continuait à parcourir les routes sans relâche pour soigner ses patients. Était venu jusqu'ici comme une faveur à mes parents. Mon père et lui étaient meilleurs amis depuis l'enfance.

– Je n'irai pas par quatre chemins, Claire, ma chérie.

Il me perdit là. À ce moment-là. Où il me dit ce que je ne voulais pas entendre. Il le savait et s'adressa principalement à Valentin. Lui expliqua que je devrais respecter un repos strict. Il lui parla d'une malformation de l'utérus. La même exactement que celle de ma mère. Utérus trop petit égale moins de place pour le bébé égale contractions prématurées égale risque de naissance égale danger égale code rouge égale pas bouger.

Sauf pour aller aux toilettes, me doucher, éventuellement marcher un peu dans la maison, mais pas plus de dix minutes par jour pour activer la circulation sanguine.

Une sage-femme viendrait me voir deux fois par semaine pour vérifier que tout allait bien et il expliqua à Valentin que nous pouvions demander une aide pour que quelqu'un vienne faire les courses et le ménage, quelques heures par semaine.

Il me regarda, tenta un :

– Ce n'est pas si terrible, tu verras ! Ce sera l'occasion de te retrouver avec toi-même, de te préparer pour l'arrivée du bébé ! Tu n'es pas obligée de voir ça comme une catastrophe ! Tu peux aussi considérer ça comme une chance !

J'acquiesçai. Évidemment. Je n'allais pas lui dire non. Pas à lui ! Mais je n'en pensais pas moins ! Une chance ! De foutre en l'air ma carrière. Tout ce pour quoi j'avais toujours travaillé si dur. Une chance ! De devenir une femme ordinaire. Inutile. Mon ventre se serra à nouveau dangereusement, mais je ne laissai rien paraître.

Il partit après m'avoir embrassée et souhaité une bonne nuit. Je ne lui répondis même pas, je crois. J'étais trop occupée à me mordre les lèvres, à serrer les poings et à décider que je leur montrerais à tous que je n'étais pas la petite chose fragile qu'ils voulaient bien voir en moi.

Je m'endormis ensuite, bien plus vite que je ne l'aurais cru possible, et rêvai de tartes tatins, d'une promenade sur la plage, d'une longue table en bois où j'étais allongée ventre nu et d'enfants aux sourires éblouissants s'apprêtant à me découper.

8 février

Valentin avait pris sa journée du vendredi. C'était prévu. Il devait se préparer. Il partait le dimanche. Une malle avait déjà été envoyée et l'attendrait à son arrivée en République tchèque. Son entreprise lui avait loué un petit appartement meublé. Il ne lui fallait rien que des vêtements, des draps, des serviettes et quelques objets qui l'aideraient à se sentir chez lui. Il n'en menait pas large. Moi non plus pour être honnête. Mais j'essayais de ne pas en rajouter. Je le sentais sur le point de s'effondrer et plusieurs fois dans la journée, je dus le convaincre de ne pas appeler pour tout annuler. Je fis cela à coups de promesses. Que je ferais bien attention. Que je ne ferais rien d'inconsidéré. Que je ferais passer le bébé avant tout le reste. Que je ne nous mettrais pas en danger pour le travail.

Je dus lui mentir, donc. Et je le fis sans le moindre scrupule.

9 février

Le samedi fila de même. Nous ne parlâmes plus de Bulle. Je restai tout le temps sagement au lit. Je ne me plaignis pas. Je jouai à la future mère parfaite et je savais en le faisant que ce n'était pas moi et j'étais étonnée qu'il tombe si facilement dans le panneau. Je ne suis pas si bonne actrice après tout. Mais je suppose que l'on croit ce que l'on veut croire à toute force et il voulait, il devait croire que tout irait bien. Il me fit donc confiance. Ou fit semblant de manière convaincante.

10 février

Le dimanche matin arriva. Il était fatigué, traits tirés. Il avait mal dormi ces derniers jours et je ne ressentais pas la moindre compassion pour lui. Je l'enviais plutôt. Je lui aurais volontiers laissé mon gros ventre et notre lit pour m'envoler vers une petite ville industrielle paumée, au cœur de l'Europe de l'Est. J'aurais volontiers laissé ma place à n'importe qui et l'aurais échangée contre à peu près n'importe quoi !

L'heure de partir vint très vite. Il se plaignit de ne pas avoir vu le temps passer, que tout soit allé trop vite. Je me serais volontiers plainte du contraire, mais je ne voulais surtout pas l'inquiéter. J'essayai de le rassurer comme je pus. Son taxi arriva. Il me serra longuement dans ses bras sans que je ressente l'élan qui aurait pu ou dû me porter vers lui et puis il fut parti.

Valentin n'est pas bruyant. Il ne prend pas beaucoup de place. Il est plutôt facile à vivre, je dois dire, et je fus surprise de constater que son absence, loin de m'apporter le soulagement que j'avais escompté, laissa un immense vide dans la maison.

Il était encore tôt, mais il avait déposé à mes côtés un plateau-repas froid pour le soir et quelques livres et mon téléphone et l'ordinateur.

Je ne touchai à rien et pris le parti de me reposer car je savais trop que la journée du lendemain serait importante.

11 février

Je me réveillai très tôt. Le soleil n'était pas encore levé. Valentin m'avait laissé des messages pour me dire qu'il était bien arrivé. Je lui en laissai un à mon tour pour lui dire que je me sentais incroyablement reposée. Rien de plus. Il n'avait pas envie de savoir. Il n'avait donc pas besoin de savoir.

Je m'apprêtai à faire quelque chose d'idiot et je le savais, mais je ne voulais pas y renoncer. Si bien que je n'y pensai pas plus avant. Je me levai, passai à la salle de bains. Je me réjouissais qu'il soit si tôt et que je ne risquais donc pas de voir Bulle débarquer avant que je ne sois prête. Je savais très bien qu'à huit heures, elle entrerait dans la maison, ne me trouverait pas et lancerait l'opération branle-bas de combat. Avec un peu de chance, Valentin serait déjà au travail et ne lui répondrait pas avant midi. J'aurais donc le temps de prouver à tout le monde que j'allais parfaitement bien et que je pouvais parfaitement exercer les responsabilités qui étaient les miennes.

Je m'habillai avec soin. Cachai mes cernes avec application. Puis j'appelai un taxi et l'attendis sagement.

À sept heures trente, j'étais assise dans la voiture qui vint me chercher et à sept heures quarante-cinq, j'étais installée derrière mon bureau.

Tout s'était passé à la perfection. J'étais assise. En sécurité. Je faisais ce pour quoi j'étais payée et je ne mettais pas mon bébé en danger le moins du monde.

Je prouvais que tous ces gens s'étaient affolés pour rien. Et qu'avec un peu d'effort et de persévérance, on peut se dépasser et ne pas se laisser arrêter par le premier obstacle rencontré.

Ça, c'était la théorie.

En pratique, mon boss arriva un peu avant huit heures et commença à me hurler dessus.

À huit heures une, Bulle appela.

À huit heures deux, Valentin appela.

À huit heures trois, ma mère appela.

À huit heures quatre, le Dr Bourhis appela.

Je ne répondis à personne, mais sous l'effet du stress provoqué par eux tous (sans lequel, je continue de penser que tout se serait parfaitement passé), je fus terrassée par une contraction plus forte que ce que j'avais jamais connu.

À huit heures quinze, les pompiers arrivèrent.

À huit heures quarante, je fus admise aux urgences.

À huit heures cinquante-cinq, l'obstétricien m'informa que si je ne me montrais pas plus raisonnable, il me ferait hospitaliser pour tout le reste de ma grossesse.

À neuf heures, et après avoir mûrement réfléchi à toutes les options qui s'offraient à moi, je rappelai le Dr Bourhis puis ma mère puis Valentin. Pour leur expliquer. Puis m'excuser. Les laisser me traiter de tous les noms. N'en penser pas moins.

Et à neuf heures quinze, j'appelai Bulle.

– C'est Claire. Je suis à l'hôpital.

– Oh merde ! Ça va ? Tu as eu des contractions, c'est ça ? Je n'ai rien entendu ! Tu aurais dû m'appeler, je t'aurais accompagnée aux urgences !

– Non, ça va, ne t'inquiète pas. J'ai voulu aller au travail. Pour finaliser quelques trucs. Je me sentais parfaitement bien, je t'assure !

– …

– Bulle ?

– Je ne sais pas quoi te dire, Claire ! Tu es grande !

J'aurais dû rappeler un taxi, mais ils n'avaient accepté de me laisser partir que si je le faisais avec quelqu'un qui s'engagerait à me surveiller et/ou à me mettre du plomb dans la cervelle.

J'avais disqualifié ma mère d'office. Valentin aussi, de fait. Il restait Bulle.

Je n'avais pas des tonnes d'amis. J'avais des collègues. Mais après le scandale de ce matin, j'avais évité de me rappeler à leur bon souvenir.

Bulle, donc.

– Tu viendrais me chercher ?

– Évidemment !

– Merci, je ne sais pas comment…

– Laisse tomber !

Elle raccrocha. Elle avait l'air fâché. C'était un peu étrange. Je ne la connaissais pas. Nous avions échangé peut-être douze phrases en quatre ans et passé la journée du jeudi précédent ensemble, mais c'était tout. Nous ne nous connaissions pas et pourtant, je sentais que je l'avais heurtée et je comprenais confusément que d'une certaine façon, peu conventionnelle certes, mais tout de même, cela signifiait que j'avais créé un lien avec elle.

Ou elle avec moi plutôt. Mais un lien tout de même. Et d'une manière ou d'une autre, je me dis que si elle n'avait pas été là pour venir me chercher, j'aurais dû appeler ma mère et je ressentis pour Bulle une bouffée de gratitude.

Ça ne dura pas !

Mais je sus l'apprécier...

Macaron fraise-basilic (enfin surtout basilic), pour le regard qui tue !

20e semaine

Maman est épanouie, ses cheveux sont brillants, sa peau est fine et lisse. Elle commence à sentir les mouvements de bébé.

Bébé perçoit le rythme cardiaque de sa mère. Il a parfois le hoquet.

Elle vint donc, parla avec les médecins, les convainquit. Et me ramena à la case départ. Ils avaient été très fermes. C'était une alerte qu'il me fallait considérer avec le plus grand sérieux. La vie du bébé était en danger et si je ne me montrais pas raisonnable, ils le seraient pour moi. Ce n'était ni chaleureux ni bienveillant, mais c'était clair. Ça avait été une mauvaise idée. Il ne servait à rien de faire l'autruche. Il y avait peut-être bel et bien un risque. Je voulais bien l'admettre même si je continuais de penser qu'ils l'avaient surestimé et que s'ils m'avaient laissée en paix, faire les choses à ma façon, j'aurais été moins stressée et donc le risque aurait été bien moindre.

Mais personne ne semblait de mon côté et au fond, je me connaissais, je m'étais toujours adaptée et j'allais devoir recommencer. Sauf que cette fois, j'allais devoir le faire pour ce bébé que je n'avais même pas désiré.

Je ne parlai pas beaucoup dans la voiture. Bulle non plus.

Elle semblait réellement fâchée et très vite, cela commença à me taper sur les nerfs et quand nous arrivâmes à la maison après vingt minutes de route, j'étais franchement furieuse contre elle qui aurait mieux fait de me laisser toute seule à l'hôpital plutôt que me faire croire qu'elle était de mon côté avant de me le faire payer.

Elle voulut m'aider à me déshabiller, mais je la rembarrai assez brutalement. Elle ne sembla pas s'en offusquer. Elle sembla même plutôt s'en amuser et cela mit le comble à ma colère.

– Je peux me débrouiller, merci !

– OK, je suis là si tu as…

– Mais oui ! J'ai ton numéro maintenant. Tu dois bien avoir des trucs à faire chez toi. Je t'appellerai si j'ai besoin de toi !

Oui, je sais ! Une vraie peste quand je m'y mets ! Et on se demande pourquoi je n'ai pas d'amis !

– Écoute, Claire, ton numéro de petite fille gâtée ne m'impressionne pas le moins du monde. J'ai moi-même trois fillettes à la maison et je ne me laisse pas déstabiliser par leurs caprices quand elles en font. Et aussi mignonnes soient-elles, crois-moi, elles en font ! Alors, soyons claires, je ne suis pas là pour te faire plaisir et si ça ne te convient pas, c'est pareil. Je me suis engagée à veiller sur toi auprès de Valentin même s'il m'avait prévenue que ce ne serait pas du gâteau. Et pas la peine de faire la grimace, je me fous de tes états d'âme ! Grandis un peu et tu comprendras qu'il vous aime, toi et ce bébé, et que ça lui a brisé le cœur de partir hier. Et que tu puisses lui faire subir ça aujourd'hui, franchement, je n'en reviens pas, mais ça ne me regarde pas. Ce qui me concerne en revanche, c'est la promesse que je lui ai faite et je ne bougerai pas d'ici tant que je ne serai pas absolument certaine que tu en as terminé avec les conneries !

Je crus que j'allais suffoquer tant je n'avais jamais imaginé que qui que ce soit puisse envisager seulement de me parler sur ce ton et de me dire ces choses. Le tout dans ma chambre à coucher ! Mais elle ne me laissa pas répondre et repartit tranquillement comme si de rien n'était. J'aurais voulu lui hurler quelque chose, mais rien ne vint qui fût assez musclé. Je me tus donc, tout en me détestant à l'idée qu'elle puisse penser que cela signifiait que j'étais d'accord avec elle, ce qu'elle avait dit ou la façon dont elle l'avait dit !

Je ruminai ainsi le reste de la matinée tout en l'entendant fourrager dans mes placards. Elle sortit même à un moment, mais sans rien me dire et j'en fus à la fois soulagée (bon débarras) et alarmée (et si elle ne revenait pas ?).

Le grand huit dont elle avait parlé ?

Mais elle était revenue et avait continué à s'agiter. Je m'étais levée pour aller aux toilettes et tout le temps où j'avais été hors de mon lit, elle s'était arrêtée de bouger et elle n'avait recommencé que quand j'avais été à nouveau couchée. Je l'entendis passer un coup de téléphone aussi. Elle chuchotait, je ne compris pas ce qu'elle disait. Non que ça ait eu la moindre importance.

Et puis, un peu avant midi, elle était montée avec un plateau.

– Je t'ai préparé à manger. Je rentre chez moi faire déjeuner les filles. Tu as tout ce qu'il te faut normalement. Tu m'appelles sinon, je peux être là en trente secondes chrono.

Je n'avais pas répondu. Je n'aimais pas l'idée de tout ce qu'elle faisait pour moi. Et je n'aimais pas non plus l'idée de moi. Là. Qui ne disait même pas merci.

Le plateau était tout simplement délicieux. Tout ce que j'aimais et je soupçonnais Valentin de l'avoir briefée.

Près d'une heure plus tard, j'entendis la clé dans la serrure en bas et sa voix :

– C'est moi !

Et puis j'entendis des pas légers monter. C'était sa fille aînée. Elle pointa son museau à ma porte.

– Je peux entrer ?

– Oui, bien sûr, je t'en prie !

Et je lui souris même. Je sais me tenir. Ce n'était qu'une enfant. Elle me sourit en retour.

– Garance, c'est ça ?

– Oui !

– Je suis Claire !

– Je sais ! Je t'ai apporté des gâteaux que maman a faits exprès pour toi !

– C'est vrai ? C'est très gentil !

Elle s'approcha et je vis qu'elle tenait une assiette de macarons.

– J'adore les macarons !

– Je sais. Val l'a dit à maman et c'est pour ça qu'elle les a faits ! Il y en a trois !

– Oui, je vois. Je vais me régaler !

– Un pour toi et un pour le bébé dans ton ventre.

– Ça fait deux ça, ma puce !

– Oui, je sais, mais je sais pas pour qui est le troisième.

– Il n'est peut-être pour personne en particulier ! Tu le veux ?

– Non, non, merci, on en a à la maison. Et je voudrais pas dire, mais si maman en a mis trois, c'est qu'il en fallait trois !

– Tout n'a pas toujours de sens, tu sais !

– Alors toi, tu connais pas encore ma maman, on dirait !

Je souris et confirmai :

– Non, c'est vrai !

On toqua légèrement à la porte. Bulle se tenait dans l'encadrement et regardait sa fille tendrement. J'eus soudain très honte.

– Je t'ai préparé une infusion. Aux agrumes.

– Je vois que Valentin a été très précis dans ses instructions !

– Tu n'as encore rien vu !

Nous nous sourîmes. Moi timidement. Elle plus franchement.

– Garance et moi nous penchions sur le mystère du troisième macaron. Elle pense qu'il est destiné à quelqu'un !

– Et elle a raison !

– C'est pour Valentin ? Je suis censée manger sa part ?

– Non !

– Alors pour qui ?

– Tu as du temps ! Tu vas pouvoir y réfléchir ! Allez Garance, nous on y va !

La petite me regarda tandis que sa mère déposait l'infusion sur ma table de chevet.

– Tu voudras que je vienne te lire après l'école ? Tu dois t'ennuyer ici toute seule.

– Je ne suis pas toute seule, il y a ta maman ! Elle est gentille !

Ma façon de dire merci !

– Oui, je sais, mais après l'école il faudra qu'elle s'occupe des petites. C'est mieux si je viens !

Et forte de sa résolution, elle quitta la pièce sans nous demander notre avis, sous l'œil attendri de sa mère qui m'interrogea tout de même en silence. J'acquiesçai. Elle approuva et se retira.

21e semaine

C'est le début du deuxième trimestre. Maman se sent bien mieux ! Son ventre s'arrondit. Elle profite pleinement de sa grossesse.

Bébé perçoit les sons, notamment les plus graves comme la voix de papa.

C'est ainsi que commença une drôle de petite routine. Garance revint chaque jour. À midi, me porter trois macarons. Et le soir, me lire un livre ou faire ses devoirs. La vérité est que je soupçonne qu'elle adorait mon bow-window et le calme qui régnait à la maison. Elle me l'avait plus ou moins laissé entendre. Elle venait tout de suite après son goûter, s'installait sur le fauteuil pour travailler. Elle le faisait avec le plus grand sérieux. Sortait ses cahiers, faisait ses exercices. Me demandait parfois une précision puis m'apportait ce qu'elle avait fait pour que je le relise et lui donne mon aval. Et puis elle apprenait ses leçons. Me portait à nouveau ses cahiers et s'asseyait au bout de mon lit et me les récitait.

Elle me faisait beaucoup penser au Petit Prince. J'avais le sentiment qu'elle et moi nous apprivoisions comme l'enfant et le renard.

Nous n'en parlions pas. Nous agissions d'instinct.

Très vite, je me pris d'amour pour cette enfant qui était la seule personne au monde qui parvenait à m'apaiser.

Ce fut une période difficile. Je me sentais mal la plupart du temps. Rester à la maison me tapait sur le système. Ma mère venait de temps à autre et c'était pire et je dus même hausser le ton pour veiller à ce qu'elle ne s'installe pas à demeure.

Bulle aussi me tapait sur les nerfs. Sa perfection me donnait sérieusement la nausée. Sa gentillesse. Sa présence. Ses petits plats. Sans parler de ses robes longues à fleurs. Et de ses longs cheveux roux qui brillaient au soleil et de ses bracelets qui ne cessaient de tintinnabuler partout où elle allait et très vite, je l'associai à cette petite musique, à la mélodie de ses poignets.

Je n'avais pas mérité ça et ses attentions m'étaient insupportables. Elle devait le sentir et je savais bien que je faisais tout pour lui être odieuse et le fait que je ne parvienne pas à la faire fuir me rendait la situation plus insupportable encore.

En fait, je crois que je ne parvenais pas à m'ôter de l'esprit l'idée qu'elle faisait tout ça pour Valentin.

Elle essaya bien une ou deux fois de me refaire la lecture comme ce premier jour où elle avait installé ses pieds nus sur la banquette de mon bow-window pour me lire *Les Liaisons dangereuses*, mais je ne la laissai pas. Soupirai. Réclamai *aimablement* un peu de calme :

– Je croyais que j'étais censée me reposer !

Elle souriait d'un odieux petit sourire, prenait le livre (et chaque fois, je le ressentais comme un vol, une trahison, parce que dès lors qu'elle choisissait un livre, j'étais prise d'un désir irrépressible de le relire sur-le-champ et c'était impossible, et cette impossibilité me plongeait dans des abîmes de désespoir) puis elle descendait avec lui au rez-de-chaussée.

Et puis Garance arrivait, et tout allait mieux !

Lorsqu'elle avait fini de faire ses devoirs, elle sortait le livre qu'elle avait en cours, m'expliquait ce que j'avais manqué (elle le lisait aussi quand nous n'étions pas ensemble) et reprenait avec moi. Je ne l'interrompais jamais. J'écoutais sa voix d'enfant me dire les mots, je fermais les yeux, je me plongeais dans l'histoire. Un soir, je ne l'avais pas réalisé, mais je m'étais mise à pleurer. Elle le remarqua. S'arrêta net.

– Claire, ça va ?

– Oui, ma chérie, pardon. C'est juste que j'aime comme tu lis. Et j'aime aussi beaucoup cette histoire que tu lis !

– Oui, moi aussi, c'est vrai ! J'aime tant les livres, pas toi ?

– Oh si ! Si ! Je les aime plus que tout, mais vois-tu, je l'avais comme oublié !

– Comment peut-on oublier quelque chose si on l'aime plus que tout ?

– Je ne sais pas ! La vérité, c'est que je ne sais pas ! Quand j'étais petite, je lisais toujours, tout le temps, partout où j'allais. J'avais toujours un livre avec moi, même quand je me brossais les dents et même quand j'allais aux toilettes !

Elle éclata de rire et moi avec elle.

– J'étais une lectrice acharnée. Je lisais même en secret le soir dans ma chambre, sous mes couvertures.

– Comme dans les films des fois ?

– Oui, exactement comme ça ! Mes parents voulaient toujours que je me couche tôt pour être en forme le lendemain à l'école. Il n'y avait rien de plus important pour eux que l'école et je voulais leur faire plaisir, mais parfois, je ne pouvais tout simplement pas quitter mon livre si bien que je trichais un peu.

– Maman dit que je peux lire autant que je veux. Que c'est la seule activité au monde pour laquelle il n'y aura jamais de limite !

– Ma maman ne voyait pas les choses comme ça ! Elle pensait pour sa part que la seule chose pour laquelle il ne saurait pas y avoir de limites est le fait de travailler, travailler, encore travailler et toujours travailler !

– Elle devait beaucoup aimer son travail !

– Elle ne travaillait pas !

– Oh !

Il y eut un petit silence gêné et puis Garance posa sa petite main sur mon ventre qui n'était pas encore bien gros et elle me demanda :

– Et toi ?

– Quoi moi ?

– Quel genre de maman tu seras ?

C'était la première fois qu'on me posait la question. Je me l'étais posée bien sûr. À moi-même. Un nombre certain de fois, mais c'était la première fois que quelqu'un me regardait droit dans les yeux pour me le demander. La première fois que quelqu'un me questionnait sur cette maternité. Je lui devais… Non, je *me* devais la vérité :

– Je ne sais pas. Pas encore ! À vrai dire, j'ai toujours cru que je serais comme ma maman, mais…

– Mais ?

– Je ne sais pas, c'est idiot ! À vrai dire, je ne sais même pas si je veux être une maman ! C'est affreux de dire ça, non ?

– Je ne sais pas ! Moi, je sais que je voudrais déjà être une maman !

– Mais tu n'es encore qu'une petite fille !

– Oui, je sais, mais quand même !

– En tout cas, quand le moment viendra, je suis sûre que tu seras une merveilleuse maman ! Regarde comme tu aides toujours tout le monde, comme tu prends bien soin de moi ! Ce sont de vraies qualités de maman ça !

– Vrai ?

– Oui, vrai de vrai !

– Alors, tu as ta réponse !

Je la regardai sans comprendre et elle se pencha pour me faire un bisou. C'était le premier que je recevais d'elle.

– Toi aussi tu prends soin de moi, Claire ! Tu m'écoutes toujours. Tu ne te fâches jamais ! Tu ne prends jamais ton téléphone pour vérifier l'heure ou si personne d'autre n'a rien de plus intéressant à te dire que moi ! Tu me laisses te lire mes livres, tu me fais réciter mes leçons, tu me demandes des nouvelles de l'école et de mes copines ! Tu m'attends tous les soirs ! Ça aussi ce sont de vraies qualités de maman, tu sais !

J'aurais aimé la serrer contre moi pour la remercier de ces mots-là, mais nous n'en étions pas là de notre relation et je la laissai plutôt reprendre sa lecture.

Quel genre de mère serai-je ? Celle qui laisse sa fille lire autant qu'elle le veut ? Ou celle qui la contraint au-delà du raisonnable pour veiller à ce qu'elle ait un jour tout ce qu'elle voudra ? Et/ou tout ce que moi je voudrai pour elle ?

J'étais confuse et lorsqu'elle partit ce soir-là et que ma mère appela, je décidai de ne pas répondre et pour m'assurer qu'elle n'allait pas appeler l'armée à la rescousse, je lui envoyai un texto qui disait :

Votre fille s'est endormie. Je veille sur elle, ne vous inquiétez pas !
Bien à vous,
Bulle

14 mars, 24e semaine

Maman doit songer à se reposer et à respecter ses limites. Bébé perçoit les sons. Privilégiez les environnements calmes !

Le lendemain matin, la même Bulle revint et comme je l'entendais s'agiter en bas, je pris une profonde inspiration et appelai :

– Bulle !

Elle monta aussitôt.

– Ça va ? Tu as besoin de quelque chose ? J'ai vu que la dame qui fait les courses a oublié de te prendre du lait, je peux aller en acheter tout à l'heure si tu veux !

– Non, non, ce n'est pas ça. Écoute… Tu ne veux pas t'asseoir une minute ? Tu me donnes le vertige !

Elle haussa un sourcil, mais s'exécuta.

– Je…

– Oui ?

– Je suis désolée, voilà !

J'avais parlé un peu brusquement. Elle sourit franchement cette fois.

– J'adore cette façon que tu as de t'excuser en ayant l'air de m'engueuler !

– Merde ! Ce n'est pas ce que je voulais faire, je t'assure ! Je... Je ne sais pas ce que je ferais sans toi !

– Laisse tomber !

– Non ! Non, je ne veux pas laisser tomber ! Écoute, je sais que tu ne fais pas ça pour moi ! Je sais que c'est pour Valentin et pour les médecins et parce que tu t'es engagée à...

– Bon, Claire, stop ! Ça y est ? C'est fini, là ?

– Quoi ? Non, je le sais, tu me l'as dit et je comprends, c'est clair, on ne se connaît pas et il n'y a pas la moindre raison pour que tu...

– Claire ! Je ne le fais pas... bon d'accord, je ne le fais plus pour Valentin !

– Non ?

– Non ! Et je ne le fais pas pour les médecins !

– Non ?

Elle sourit plus encore. Gentiment.

– Non ! Je le fais pour toi ! Écoute ! On n'est pas spécialement parties du bon pied toi et moi, mais tu m'as impressionnée ! Ce que tu as fait en retournant au boulot cette fois-là ! C'était parfaitement idiot, mais ça forçait le respect !

– Vraiment ?

– Oui, tu es folle, mais tu es courageuse. Et tu es forte ! Tu ne cherches pas à plaire ou à faire plaisir ou à faire ce qu'on attend de toi ! Tu fais ce que tu veux faire et j'admire ça ! Terriblement !

Je la regardai bouche bée.

– Tu plaisantes là ?

– Non, pourquoi ?

– Tu te fous de moi ?

– Non plus !

– Mais putain, Bulle !

– Oui ?

Encore son petit sourire amusé qui me tapait chaque fois prodigieusement sur le système !

– Je ne fais que ça !

– Quoi donc ?

– Mais vouloir plaire, faire plaisir, faire ce qu'on attend de moi !

– Vraiment ?

– Évidemment ! Je n'ai jamais fait que ça ! Je bosse comme une dingue parce que je n'ai pas d'autre option ! C'est ce que l'on attend de moi ! Et j'ai fait un bébé parce que c'est pareil, c'est ce qui se fait à mon âge. C'est comme si ma vie n'était qu'une check-list dont je n'aurais pas écrit une seule ligne. Et c'est tellement injuste !

– Pourquoi ?

– Quoi ? Pourquoi c'est injuste ?

– Non ! Pourquoi tu n'écris pas ce qu'il y a sur la liste ?

– Mais parce que ça ne marche pas comme ça, voilà pourquoi ! On ne fait pas toujours ce qu'on veut ! La vie n'est pas facile, voilà !

– Mmm !

– Quoi « Mmm » ?

– Si tu le dis !

– Évidemment, c'est facile pour toi ! Tu ne travailles pas, tu t'occupes de ta maison et de tes enfants, tu fais ce qui te chante quand ça te chante et tu te fais même tellement chier que tu ne trouves rien de mieux à faire que venir m'emmerder toute la journée !

– Très élégant, Claire !

– Mais je voulais seulement m'excuser et c'est toi qui... !

– Moi qui quoi exactement ?

– Toi qui m'énerves !

– Et qu'est-ce qui t'énerve encore ?

– Rien ! Ou si, à peu près tout en fait ! Tout et tout le monde !

– Même la boulangère ?

– Quoi ? Non ! Je m'en fous de la boulangère !

– Alors pourquoi dis-tu qu'elle t'énerve ?

– Je n'ai jamais dit ça !

– Si ! Tu as dit que tout le monde t'énerve !

– Presque tout le monde !

– Qui exactement ?

– Mais je ne sais pas !

– Alors, qu'est-ce que tu sais, Claire ?

Qu'est-ce que je savais ? C'était une excellente question ! Tout à fait terrifiante à vrai dire ! Qu'est-ce que je savais ?

– Toi ! Tu m'énerves !

– OK ! Pourquoi ?

– Parce que tu es là, toujours parfaite avec tes filles parfaites et ta vie parfaite et tes gâteaux parfaits et ta parfaite gentillesse et ta présence parfaite et ça me fait chier parce que je ne pourrai jamais te rendre le millième de tout ce que tu m'as donné !

– OK ! Qui d'autre ?

– Ma mère !

– Pourquoi ?

Elle était d'un calme absolu. Elle me questionnait comme si elle me demandait ce que je voulais pour le dîner. Avec une neutralité qui m'autorisait ce que j'étais en train d'oser.

– Parce qu'elle ne m'avait pas dit que je risquais ça ! Parce qu'elle avait une malformation utérine et elle aurait dû me le dire et c'est comme si elle m'avait piégée avec cette grossesse et c'est comme si, une fois encore, elle m'avait obligée à être telle qu'elle le voulait, sa chose, et c'est comme si, une fois encore, elle m'avait fait comprendre qu'elle se foutait de ce que je voulais et de qui j'étais, du moment que je me conforme à ses désirs !

Je repris mon souffle, mais elle n'en avait pas fini avec moi.

– OK ! Et qui encore ?

Je replongeais.

– Valentin !

– Pourquoi ?

– Parce qu'il m'a mise enceinte et abandonnée !

Ce n'était pas l'exacte vérité, je le savais. Mais c'était *mon* exacte vérité. Dans tout ce qu'elle avait de profondément injuste. Et pour lui. Et pour moi.

– Et qui encore ?

Elle ne lâchait pas le morceau. Un véritable pitbull ! Je réfléchis et la réponse se jeta sur moi et puis jaillit hors de moi.

– MOI !

J'avais crié. Je la regardais, étonnée. Elle était tendue vers moi comme un ressort. Et elle me donna l'impression qu'elle était en train de m'accoucher. D'une certaine façon.

Elle hocha la tête. Elle m'écoutait vraiment. Elle attendait.

– Moi !

Je l'avais répété plus doucement. Laissant la vérité de ce que je disais me pénétrer. Moi ?

Oui, j'étais en colère contre moi. Terriblement. Violemment.

– Pourquoi ?

Elle avait à peine murmuré.

– Pour tout ça. Pour m'être laissé faire alors que je n'étais pas prête. Pour les avoir laissés décider pour moi. Encore une fois. Pour ne pas m'être mieux défendue. Pour ne même pas avoir essayé. Et pour ne pas savoir ce que je vais faire pour ce bébé. Je me sais responsable. Mais je n'ai jamais voulu cette responsabilité. Comment vais-je faire, Bulle ? Je voudrais seulement me cacher. Je voudrais repartir en arrière.

Défaire ce qui a été fait. Je voudrais oublier tout ça, mais je ne peux pas. Je voudrais... je ne sais pas... accepter ? Mais ça non plus, je ne le peux pas !

Il y eut un grand silence. J'avais dit tout haut des choses qui m'encombraient l'esprit depuis un moment. Des choses que j'avais à peine osé penser tout bas. Je les lui avais dites à elle que je ne connaissais qu'à peine.

J'avais honte, mais elle me dit une chose étrange :

– Merci, Claire !

Je ricanai. Cela sonna faux, je le sais. J'étais encore soufflée. Essoufflée presque.

– De quoi ? De t'avoir insultée ?

– Oui, si tu veux ! Ou plutôt de m'avoir fait suffisamment confiance pour comprendre que tu pouvais m'insulter !

Je lui souris, cette fois.

– Ta colère est une chance, tu sais !

– Ouais, c'est sûr ! J'ai toujours su que j'étais une sacrée veinarde !

Elle m'ignora et mon sarcasme à deux balles.

– C'est une émotion forte et tu sais ce qui vient avec les émotions fortes ?

– Les problèmes ?

– Oui, ça peut arriver, mais je ne pensais pas à ça !

– À quoi alors ?

– À l'énergie ! Ta colère te dit quelque chose ! Elle te dit que la situation actuelle ne te convient pas ! Et elle te donne quelque chose : l'énergie pour faire les changements qui te sembleront nécessaires, utiles et possibles.

– Mais je ne peux ni me débarrasser de ce bébé, ni récupérer mon job !

– Non ! Mais tu peux d'autres choses !

– Comme quoi ?

– Mais comment veux-tu que je le sache ? Je ne suis pas toi ! Tu as tous les choix ! Tu peux être qui tu veux pendant ces quelques mois ! Tu peux faire ce que tu veux ! Tu as une occasion de te réinventer et de le faire à temps pour savoir quoi transmettre ensuite à ton bébé !

– Joli discours, merci !

– Je t'en prie ! Mais ce n'est pas qu'un discours, c'est la vérité ! Il ne s'agit pas seulement de savoir quelle mère tu veux être pour ce bébé. Il s'agit de savoir quelle femme tu veux être pour toi ! Parce que ce bébé va grandir et il va te regarder faire et il va apprendre de toi et, crois-moi, il apprendra plus de qui tu seras que de ce que tu diras alors veille à penser ce que tu dis bien sûr, mais veille surtout à devenir qui tu es ! Les bébés ne sont pas comme nous ! Ils ne se laissent pas berner facilement, crois-moi !

Et là-dessus, elle se leva, me fit un clin d'œil et repartit en chantonnant dans l'escalier. Comme si elle ne venait pas, tranquillement, de bouleverser ma vie.

Macaron rhum-vanille, pour noyer son chagrin !

Je me sentis étrangement calme après tout ça. Un calme que je n'avais plus ressenti depuis longtemps. Je ne savais pas trop quoi en faire et je décidai de me lever et de rejoindre la banquette de mon bow-window. J'installai les coussins de manière à être parfaitement calée, étalai un plaid sur mes jambes et pris un livre dans la bibliothèque. Je n'hésitai pas. Je savais lequel lire. C'était un livre que j'avais adoré quand j'étais plus jeune, lu et relu plusieurs fois et je me replongeai dedans avec la sensation d'enfiler une paire de vieux chaussons. J'avais oublié le plaisir de lire. Je n'avais jamais connu encore le plaisir de lire ici. J'avais testé cette banquette le jour où nous l'avions fait installer et puis je ne m'y étais plus jamais assise. Je n'avais jamais eu de temps à perdre. Jamais de temps tout court. Je savais bien que c'était faux. Je l'avais toujours su et puisque manifestement et pour une raison qui m'échappait totalement, l'heure de vérité semblait avoir sonnée, j'admis presque volontiers que j'aurais eu le temps si je l'avais voulu, si seulement j'avais changé mes priorités. La vérité est que je n'avais jamais *pris* le temps. Et ça changeait tout parce que ça signifiait que j'avais moi-même décidé de me priver de ce que j'aimais. Et si je m'étais privée d'*Orgueil et Préjugés*, si j'avais laissé Jane Austen sortir de ma vie, alors quel(s) autre(s) crime(s) avais-je pu commettre contre moi-même ?

Ce n'était pas une question facile à se poser et je décidai de ne pas insister. Pas encore. Pas au moment où je retrouvai un plaisir presque sacré. Je lus tout l'après-midi. De temps à autre, Bulle passait la tête par l'encadrement de la porte et elle me souriait et je lui souriais. Elle plaisanta même sur le fait que je lui avais piqué sa place ! Je crois que ce fut la première journée où je me sentis parfaitement heureuse. Pas depuis que je devais rester alitée. Depuis bien plus longtemps en fait !

Garance arriva vers dix-sept heures. Je n'avais pas vu le temps passer. Cette fois, c'est moi qui plaisantai en lui disant que je lui avais piqué sa place et elle sourit et me demanda ce que je lisais. Je lui parlai de mon livre et elle voulut que je lui en lise quelques pages pour voir.

– Il est en anglais, ma puce !
– C'est pas grave !
– Tu parles anglais ?

– Non, mais j'aurai déjà la musique. Je trouve que les livres, c'est moitié une histoire et moitié une chanson.

– Vraiment ? Je n'avais jamais vu les choses comme ça, c'est intéressant.

– Quand j'étais en maternelle, j'avais un maître qui avait remarqué qu'il y avait des enfants dans la classe qui venaient de plein de pays différents. Il a dit qu'on avait une chance folle d'être ensemble et de pouvoir partager notre coin du monde avec les autres. Toutes les semaines il invitait une maman dans la classe et elle devait lire un livre qu'elle apportait et qui était écrit dans sa langue. Celle de son coin du monde à elle. Elle nous montrait les images et lisait les mots qu'on ne comprenait pas, mais elle nous expliquait après et on s'est vite rendu compte que les livres avaient une musique et qu'en écoutant bien, on pouvait comprendre quelque chose du livre même sans comprendre les mots eux-mêmes. Tu vois ?

– Je ne suis pas sûre, mais je crois que j'aurais aimé avoir un maître comme ça !

– Oui, moi aussi, j'ai aimé ! Il m'a donné envie d'être une maîtresse plus tard. Pour partager mon coin du monde avec des enfants !

– Je trouve que c'est la plus jolie définition de ce métier que j'aie jamais entendue !

– Merci ! Tu me lis maintenant ?

Et je lui avais donc lu le chapitre XXXIV puisque j'en étais là de ma redécouverte. Mon livre était une vieille édition de 1917, aux pages jaunies et annotées au crayon de papier. Il sentait divinement bon. Je l'avais déniché dans une librairie de Cape Cod, lors d'un voyage que Valentin et moi avions fait là-bas, dix ans plus tôt. Je me souvenais de la librairie. Elle occupait tout le rez-de-chaussée d'une maison en bord de route, au cœur d'une forêt. C'était le plus bel endroit que j'avais jamais visité. Et les gens vivaient là, prenaient leur petit déjeuner au milieu des livres et du matin au soir, ils ouvraient leur maison aux étrangers de passage et parlaient livres avec eux. Je me souvenais encore de ce que j'avais ressenti dans cet endroit. Je pouvais le ressentir à nouveau à chaque page que je tournai. Je ne savais pas nommer ces ressentis, mais je les accueillais avec beaucoup de douceur et de nostalgie. Comme de vieux amis. Perdus de vue.

C'était le chapitre où Darcy avoue son amour à Elizabeth pour la première fois :

« *In vain have I struggled. It will not do. My feelings will not be repressed. You must allow me to tell you how ardently I admire and love you.* »

Chaque mot écrit m'émerveillait. Je ne pouvais m'empêcher de vouloir littéralement *être* Jane Austen. De vouloir à toute force me pencher sur le papier, une plume à la main. La tremper dans l'encre. Griffer la page nerveusement. Mon cœur manqua un battement.

– Claire ?

Je regardai Garance, presque étonnée de sa présence.

– Tu as arrêté de lire !

– Oui, pardon, j'étais... je ne sais pas. Je me suis laissé emporter, je crois !

Elle me sourit avec indulgence.

– Je comprends !

– C'est vrai ? J'étais en train de m'imaginer que j'étais la femme qui a écrit ce livre !

Je lui parlai de Jane Austen et puis du livre, de son histoire et je lui parlai enfin de la merveilleuse librairie dans laquelle je l'avais acheté.

– Si je suis pas maîtresse plus tard, j'aurai une maison-librairie, c'est sûr !

– Je trouve que c'est une bonne idée ! Une autre façon de partager ton coin du monde !

– Oui, exactement ! Et toi ?

– Moi ?

– Comment tu partages ton coin du monde ?

Je la regardai, fis une sorte de petite grimace, attrapai le dernier macaron (encore appelé le macaron mystère puisque je ne savais toujours pas à qui il était destiné, ce qui ne m'empêchait pas de le dévorer, chaque jour, avec les deux autres), je le mâchai en réfléchissant à ce que je pourrais répondre à cette excellente question que me posait cette merveilleuse enfant de neuf ans. Je pris mon temps, avalai et répondis enfin après avoir pris une profonde inspiration :

– Rien, mon ange ! Rien du tout en fait !

– Mais tu as dit que c'était une bonne idée !

Elle avait plissé son joli front et me fixait.

– C'en est une, mais je ne l'avais jamais eue ! Tu ne m'en as parlé qu'aujourd'hui aussi !

Elle sembla se satisfaire de cette explication, hocha la tête et décréta, en passant à autre chose, comme elle le faisait souvent, même aux moments les plus improbables :

– Bon, toi tu continues à lire et moi je fais mes devoirs !

J'obéis donc. Je croyais que le sujet avait été clos, mais elle me surprit encore lorsqu'au moment de partir une bonne demi-heure plus tard, elle m'embrassa et murmura à mon oreille :

– Tu vas trouver, t'inquiète pas ! T'es pas encore trop vieille !

Sur quoi, elle se sauva.

Bulle était partie aussi et j'avais à nouveau la maison pour moi. Seule. Comme chaque soir. Mais c'était le premier soir où je ne me sentais pas contrariée par ça. Un peu triste peut-être. Mais pas une tristesse trop lourde à porter. Seulement une tristesse vague et presque agréable. Une tristesse que je n'avais pas envie de secouer. J'allumai une petite lampe pour pouvoir continuer de lire et puis je posai le livre pensivement sur mes genoux et regardai au dehors. La vue n'était pas imprenable, mais pas désagréable non plus. Il y avait un arrêt de bus sur le trottoir en face de chez nous et je me mis à observer les gens qui s'y trouvaient. Ceux qui y arrivaient. Des gens qui allaient vite. Ils étaient sortis du travail. Rentraient chez eux après une longue journée. Ils étaient fatigués et se dépêchaient de retrouver un cadre familier, sécurisé. Leurs compagnons, leurs compagnes, leurs enfants. Leurs chiens, leurs chats. Ou personne. Personne du tout. Une autre maison vide. Ailleurs.

Je fus prise d'une bouffée de tendresse pour Valentin qui avait toujours été là ces dernières années pour moi, chaque fois que j'étais rentrée. Il finissait avant moi. S'arrangeait toujours pour faire quelques courses, préparait le dîner, mettait un peu de musique, du jazz féminin le plus souvent, une passion à lui à laquelle j'avais appris à être sensible, Molly Johnson, Diana Krall, Melody Gardot que nous avions vue à l'Olympia plusieurs fois, plusieurs soirs de suite même (nous étions montés à Paris exprès, elle était merveilleuse, drôle, émouvante, envoûtante), il allumait quelques lampes dans le salon en bas, ouvrait une bouteille le vendredi soir. Et chaque fois que je rentrais, même épuisée de ma journée, il veillait à ce que je trouve la maison prête à m'accueillir. Et j'avais trouvé ça normal ! Toutes ces années ! Et je réalisai seulement ce soir que ça ne l'avait pas été. Que ç'avait été extraordinaire. Son cadeau à moi. Sa façon à lui de partager son coin du monde. Avec moi.

J'attrapai mon téléphone et l'appelai. C'était la première fois. C'était toujours lui qui m'appelait chaque soir et je lui répondais gentiment, certes (quoique !), mais je ne lui répondais jamais ce qu'il voulait entendre et je le savais sans faire le nécessaire pour autant.

Comme si je l'avais toujours gardé à distance. Comme si je n'avais jamais rien partagé avec lui. Qu'un espace de vie. Un temps de vie. Mais rien qui vienne de l'intérieur. Je l'avais laissé partager sa vie avec moi sans rien offrir en retour et je fus prise d'une gigantesque envie de pleurer qui me fit presque renoncer à lui parler, mais il décrocha juste à temps.

– Claire ? Ça va ?

Il était terrifié. Je l'entendis dans sa voix. Et cela me rendit plus triste encore si possible.

– Oui, très bien, je voulais juste entendre ta voix !

Mauvais choix de mots, j'allais le jeter dans le premier avion si je continuais. Ce qui n'aurait pas été plus mal. Je mourais d'envie de me retrouver dans ses bras. Je ne pense pas que j'en avais eu aussi envie depuis que nous nous connaissions.

Il hésita avant de me répondre.

– Tu as passé une bonne journée ?

– Oui. Très bonne. Et toi ?

Sa voix marche sur des œufs. C'est l'image étrange qui me vint en tête.

– Je me suis installée sur la banquette devant le bow-window et j'ai lu du Jane Austen en mangeant mes macarons !

– C'est fantastique !

Mais son langage non verbal, perceptible à des milliers de kilomètres, à travers le téléphone et la communication légendairement fluide de WhatsApp, était limpide : il était plus déstabilisé que ravi.

– Oui, je trouve aussi en fait !

– Depuis quand tu n'avais pas pris le temps de faire quelque chose comme ça ? Te reposer vraiment et te faire plaisir vraiment ?

– Je ne sais pas !

Je riais pour ponctuer ma phrase.

– J'aime t'entendre rire, tu sais !

– Tu me manques, Valentin !

Je n'avais pas pu m'empêcher de le lui dire. Je me rendais compte que j'allais lui mettre la cervelle à l'envers. Je ne l'avais pas exactement habitué aux mots doux. Encore moins aux mots d'amour.

Nous étions ensemble depuis seize ans et il s'en était plaint. Parfois. Sans faire de scandale. Juste une demande. Que je n'avais pas écoutée. Ma mère, qui était toujours là pour m'aider à prendre conscience de mes (nombreux) défauts, m'avait prévenue : « Si tu n'es pas plus aimable, il finira par ne plus t'aimer ! »

Et je l'avais rembarrée. De quoi se mêlait-elle ? C'était mon histoire. Mon couple. Mon compagnon.

Mais si elle avait eu raison ? Si effectivement j'avais joué avec le feu en ne réalisant pas qu'il pouvait trouver mieux que moi, facilement ? Il était joli garçon. Il était gentil. Vraiment, profondément gentil. S'il n'avait pas été aussi timide et s'il n'avait pas été aussi honnête et droit, il y aurait eu belle lurette qu'il m'aurait larguée. Et franchement, j'aurais été la dernière à l'en blâmer. Ou je l'en aurais blâmé, mais j'aurais compris ! Moi-même, je n'étais pas sûre que si cela avait été possible, je ne me serais pas quittée. Définitivement. Et sans me retourner.

Mais Valentin n'était pas moi. Loin de là. Il ne disait toujours rien.

– Tu ne dis rien !

– Tu veux que je rentre ? Je peux rentrer ! Je peux tout laisser tomber, tu sais !

Je le savais.

– Non, je ne veux pas que tu t'inquiètes ! Je vais bien ! Je voulais seulement te dire que je réfléchis. J'ai du temps pour ça ! Mais c'est tout !

– Tu réfléchis à quoi ?

– Tu vas rire !

– Teste-moi !

– Je réfléchis à comment partager mon coin du monde !

– Avec moi ?

– Avec toi, oui. Et avec le bébé. Et avec les autres !

– Je crois que c'est la plus jolie chose que tu m'aies jamais dite !

Il était ému et cela m'émut.

– Merci, Val.

C'était la première fois que je l'appelais comme ça et j'eus envie de rire, mais je sentis que j'étais sur le point de me mettre à pleurer.

– Merci à toi ! Meilleur coup de fil depuis... je sais même pas depuis quand en fait !

Il eut un petit rire joyeux.

– Le premier d'une longue série !

– J'espère !

Un silence qui dura. Pas un silence bizarre ou maladroit. Pas un silence qui ne sait pas dire. Non. Un silence simplement partagé.

Nous parlâmes ensuite de tout et de rien. De la nouvelle sage-femme qui viendrait le lendemain et allait me proposer une première séance de sophrologie. Je n'y croyais pas plus que ça, mais Bulle m'avait convaincue d'essayer et Valentin m'avoua qu'il était derrière tout ça. Ce dont j'aurais dû me douter.

Il était près de vingt heures lorsque nous raccrochâmes. Je savais que Bulle n'allait pas tarder. Je lui avais fait savoir que les repas froids du soir ne me convenaient pas et que je pouvais parfaitement descendre me réchauffer un plat comme une grande. Elle avait accepté, mais revenait quand même après dîner, histoire de vérifier que je n'étais pas tombée dans les escaliers. Elle m'obligeait à me déplacer avec le téléphone scotché à la main, juste au cas où. Mais ça ne lui suffisait pas !

Je descendis donc et pour la première fois, au lieu de seulement aller à la cuisine, je mis la table pour deux dans la salle à manger, mis de la musique, un album de Stacey Kent, en français, frais et léger comme la rosée, allumai quelques lampes de-ci de-là. Et je l'attendis pour dîner.

Elle arriva, prête à me gronder sans doute pour un nouveau manquement à l'ordre établi (elle trouvait toujours quelque chose à redire), mais elle fut soufflée par l'atmosphère que j'avais créée (grâces soient rendues à Valentin qui m'avait montré le chemin !).

– Merde, c'est quoi ça ?

– J'avais envie !

– Si j'avais su, je n'aurais pas dîné !

– Tu vas bien reprendre un peu de spaghettis bolognaise ! C'est toi qui les as préparés donc j'imagine qu'ils sont délicieux ! Et ils sentent divinement bon !

– Non, j'ai une règle : jamais de spaghettis bolognaise après la mousse au chocolat !

– Tu as fait une mousse au chocolat ?

– Oui, et tu peux toujours me supplier, tu n'en auras pas !

– Mais pourquoi ?

– Parce qu'il y a des œufs crus dedans et ça n'est pas compatible avec ton état !

– Mon état ! Je n'aime pas quand les gens disent ça ! On dirait que je suis malade !

– Mais tu ne l'es pas et on va faire en sorte que ça reste comme ça ! Alors pas de mousse pour toi, fin de la discussion !

– Madame est dure en affaires à ce que je vois !

– Intraitable ! Allez, pose-toi, je vais chercher les spaghettis et même si je n'en mange pas, je reste avec toi, ça te va ?

– Oui, ça me va !

Nous nous installâmes face à face. Je mangeai avec appétit ce soir-là. Nous nous sourîmes et nous parlâmes du livre que j'avais presque fini, c'était aussi un de ses favoris. Ce fut une excellente soirée, elle me raccompagna au lit et je repris ma lecture. Quand, enfin, je m'endormis, je souriais encore doucement en me demandant si c'était ça avoir une amie.

Et si c'était ça, je décidai que j'aimais assez !

Mars

Je dormis profondément, mais me réveillai tôt. Il devait être cinq heures du matin, à peine. Il faisait encore nuit noire. Sentant que je ne pourrais pas me rendormir, je décidai d'allumer ma petite lampe de chevet et de lire au lit.

Je n'avais plus fait ça depuis des siècles. Enfant, oui, je le faisais quotidiennement, bien au-delà de ce que mes parents jugeaient raisonnable, voire acceptable, mais à un point que je n'étais pas capable de situer, quelque part dans mon histoire, j'avais renoncé à ce que j'aimais pour me conformer à ce qu'ils attendaient.

Cela faisait plusieurs fois en quelques jours que je me faisais une telle réflexion. Rien de tel ne m'avait même jamais effleurée auparavant et c'était pour le moins déstabilisant parce que si j'en venais vraiment à aller dans cette direction, il me faudrait tôt ou tard en venir à me demander ce que j'aurais fait s'ils (et si je) l'avaient autorisé. Et qui j'aurais été. Ce qui, d'une manière ou d'une autre, revenait à me demander qui je voulais être. Et qui j'étais.

Mais nous n'en étions pas là. Je décidais de me réjouir de ce que j'avais une journée devant moi. J'y posais déjà des jalons mentaux.

Bulle. La sage-femme. Garance. Mes macarons. Valentin. Et du temps. Pour lire.

Je commençai par terminer mon livre de la veille. Il ne me restait plus grand-chose et ça ne me prit pas longtemps. Je me levai ensuite pour aller le reposer et en choisir un autre.

C'était assez agréable. De parcourir les couvertures. De retrouver avec chaque titre quelque chose de familier. Parfois l'histoire me revenait en tête. Parfois un personnage seulement. Une scène. Un détail. Parfois, une sensation ressentie quand je l'avais découverte la première fois.

Je ne voulais pas trop réfléchir à ce que je faisais et me décidais pour *Cent Ans de solitude*. Je m'installai sous mon plaid, sur ma banquette, avec Gabriel García Márquez et sa prose foisonnante.

Là où Jane, la veille, avait été élégante, délicate, d'une finesse exquise et tout en retenue, Gabriel, ce matin, promettait mille splendeurs exotiques et exubérantes. Et je les aimais follement. L'un comme l'autre. Tous deux m'étaient de vieilles connaissances.

Non, bien plus que ça.

L'un comme l'autre m'étaient de vieux amis perdus en chemin. On ne sait pourquoi, alors même qu'on les aimait tant et qu'ils nous étaient si précieux.

Et les retrouver m'était une joie et un pincement douloureux au niveau du cœur à mesure que je réalisai combien ils m'avaient manqué.

Je lus un moment. Vis le jour se lever. Le ballet des voitures, des gens, commencer. Je vis le bus venir chercher son lot quotidien de travailleurs fatigués. Traits tirés. Petite mine du matin pas encore réveillé. Du jour pas encore levé.

J'avais été parmi eux. Pas dans le bus, mais dans ma voiture et ça ne changeait pas grand-chose. Un peu plus d'intimité. Un peu moins de possibilités de fermer les yeux et de se laisser aller encore un peu.

Je les regardais tous, chacun, chacune, un par un, me demandais quel travail ils rejoignaient et s'ils l'aimaient, ce travail. Qu'est-ce qui faisait qu'ils l'avaient choisi. S'ils l'avaient choisi.

J'avais choisi le mien et je l'avais aimé, mais jamais comme j'aimais l'idée de lire sur ma banquette, de retrouver mes auteurs préférés et de les laisser murmurer à mon oreille leurs mots consolateurs, leurs mots évocateurs. Leurs mots enchanteurs.

Il y avait dans ce qu'ils m'offraient une magie que je ne voyais pas dans les visages fermés qui défilaient devant chez moi.

Et puis il y eut sa chevelure rousse. Il y eut son visage. Qui se leva vers moi, qui me sourit et à qui je souris aussi. Sa main qui se leva et me fit un petit signe et je lui répondis. Bulle embrassa une dernière fois ses puces qu'une amie à elle venait de récupérer et elle entra chez elle et j'en fus étonnée tant je m'étais habituée à ce qu'elle vienne chez moi tout de suite après leur départ, mais elle ressortit de sa maison après quelques instants seulement. Elle ferma sa porte et je la devinai bientôt entrer chez moi. Je ne la voyais plus, mais je l'entendais et c'était comme au cinéma.

Changement de scène. Mêmes personnages. Même lieu. Autre perspective.

Elle monta directement. Elle apportait un plaid avec elle.

– Bien le bonjour, voisine !

– Bonjour, Bulle !

– J'ai apporté mon plaid. Il fait froid et tu as piqué le seul de la maison. Preuve flagrante que vous ne prenez pas assez soin de vous !

Je lui souris et voulus me pousser pour qu'elle puisse s'asseoir sur la banquette à côté de moi, mais elle s'installa en tailleur par terre, sur le tapis.

– Non, non, tu gardes tes pattes en l'air ! C'est mieux pour le bébé ! Comment vas-tu aujourd'hui ?

– Bien, je crois ! J'ai terminé de papoter avec Jane et j'ai invité Gabriel à prendre le relais !

– Très bon choix ! Gabriel est un excellent papoteur !

– Oui, exquis !

– Tu changes, Claire !

Elle avait dit ça sur le même ton qu'elle aurait utilisé pour me dire autre chose de bien moins d'importance.

– Et c'est une bonne chose ?

– Qu'en penses-tu ? C'est une bonne chose pour toi ?

– J'ai posé la question en premier !

– Mais elle s'adressait à toi ! Elle ne pouvait s'adresser qu'à toi !

– Alors, je dirais que oui. Oui, c'est une bonne chose, je crois !

Et j'étais sincère. Je sentais le changement. Il me poussait au-dedans. Comme une herbe folle ? Comme une racine ? Il poussait. Il me poussait vers une chose que je ne réalisais pas encore, mais dont je sentais qu'en lui laissant un peu de temps, elle finirait par immanquablement se révéler à moi. *Me* révéler à moi ?

J'étais émerveillée qu'elle l'ait vu aussi. Elle ne me connaissait pas depuis longtemps. Elle ne me connaissait pas vraiment.

Et le changement devait être plus puissant que ce que j'avais perçu, si quelqu'un d'extérieur à moi pouvait le voir aussi.

Mais encore une fois, ça poussait, ça poussait et ça ne pouvait pas passer inaperçu.

– La sage-femme ne tardera plus. C'est la première fois qu'elle vient ?

– Oui. Celle qui m'a suivie jusqu'ici change de secteur, mais elle m'a adressée à elle. Et Val était emballé parce qu'elle est sophrologue aussi et moi je ne sais même pas ce que c'est. Encore un piège à gogos, dirait ma mère !

– Et qu'en penses-tu, toi ?

– Je ne sais pas. Je te dirai après.

Elle me sourit franchement cette fois.

– J'aime bien cette nouvelle Claire qui ne préjuge pas ! On fera peut-être quelque chose d'elle finalement.

Je suis peut-être enceinte et peut-être forcée à l'immobilité, mais elle ne vit pas venir le coussin qui l'atteignit en pleine tête. Elle cria pour la forme :

– Attends quelques mois et je me vengerai !

Mais je crois que c'est comme ça que notre amitié est née. Dans les moments de rire. De calme. De petits riens. Dans les moments dont j'aurais dit avant qu'ils ne comptaient pas. Les moments auxquels on ne fait pas attention. Les moments vides d'intention précise, qui se créent à l'intuition, qui font lien, qui font sens.

Elle et moi. Le jour qui tranquillement prenait ses marques, derrière la fenêtre. Les livres comme entrée en matière et puis doucement, délicatement, comme pour ne pas nous effrayer, d'autres choses. Plus subtiles. Magiques presque, aurait suggéré Gabriel.

J'avais repéré comme Garance et moi nous étions apprivoisées, mais voilà que je faisais de même avec Bulle et j'en venais à me demander si je n'étais pas le renard au fond. Et si toutes deux n'essayaient pas, en douce, de me sortir de ma forêt.

– Je n'ai pas pu m'empêcher de remarquer que tu es très seule.

Elle avait dit ça de sa façon habituelle. Je lance une bombe et je regarde son mouvement elliptique se dessiner dans le ciel avant qu'elle n'explose et ne laisse le monde pantelant. Choqué. Irrémédiablement changé. Prêt à admettre son besoin d'être réparé.

– Je le suis.

– Pourquoi, Claire ?

– Je ne sais pas. À vrai dire, je ne savais même pas que je l'étais. J'avais mes parents. Valentin. Mes collègues. Ça me suffisait.

– Quand ?

– Quoi ?

– Quand cela t'a-t-il suffi ?

– Pourquoi faut-il toujours que tu poses ce genre de questions ?

– Quel genre de questions ?

– Ce genre ! Le genre auquel on ne sait pas répondre. Ou on ne veut pas répondre.

– Et là, tu ne sais pas ou tu ne veux pas ?

– Je ne sais pas ! Je ne me suis jamais demandé ça ! Je sais bien que les autres ne vivent pas comme moi. Je sais bien que les autres sortent entre amis, vont dîner ou danser ou prendre un verre ou un café et moi, non. Je sais bien que les autres invitent et se font inviter. Je sais bien que les autres ont une vie différente de la mienne, mais je ne sais pas pourquoi ils le font et je ne sais pas comment ils le font. Je crois que j'ai déjà beaucoup de mal à gérer ma relation avec les deux ou trois personnes auxquelles je parle chaque jour. Je ne me vois pas me compliquer la vie plus que ça.

– C'est compliqué l'amitié ?

– Oui, je crois. Ça suppose des choses.

– Quelles choses ?

– Mais je ne sais pas moi ! Du temps. De l'énergie. De l'envie. De la confiance. De l'honnêteté. Cela demande de donner et je n'ai pas grand-chose à donner. Demande à Valentin !

– Tu n'as pas grand-chose à donner ?

– Non ! Je ne suis pas intéressante ! Je ne parle que de mon boulot et de rien d'autre. Et quand je rejoins ma plage le dimanche, j'aime y être seule et respirer ! J'ai engueulé Valentin parce qu'il venait chez toi ces fois-là, mais la vérité c'est que c'est moi qui l'ai repoussé. Moi qui lui ai fait comprendre qu'il n'y avait pas de place pour lui dans ma vie ou alors une toute petite place et il l'a prise, il a joué le jeu, il s'est fait tout petit, mais c'est injuste pour lui et très très très égoïstement, je crois que c'est injuste pour moi aussi. Parce qu'il m'a laissée lui faire ça et il m'a laissée me faire ça à moi aussi !

– Ça quoi ?

– Ça ! M'isoler ! M'enfermer ! Me déconnecter ! Et maintenant, j'ai peur !

– De quoi ?

– Du bébé ! Et si je lui fais ça à lui aussi ? Si je le repousse lui aussi ? Si je ne lui fais pas de place à mes côtés ? Il aura Valentin. Valentin l'aura. Et moi je n'aurai plus rien ni personne à mes côtés !

Je m'arrêtai, étonnée de ce que je venais d'exprimer. Je n'avais jamais osé formuler pareille pensée. Et pourtant, elle était venue là, s'imposer, dans toute son étrange vérité.

Je croyais qu'elle allait crier quelque chose, mais non. Elle aurait pu pourtant. Me juger. Ou chercher à me consoler. Je n'aurais pas aimé. Mais elle se contenta de m'entendre et elle se contenta de se taire et je lui en fus tellement reconnaissante que j'eus une terrible envie de pleurer. Là encore, elle ne dit rien. Elle se leva. Me tendit un mouchoir et dit seulement :

– Je vais nous préparer une infusion.

Puis me laissa quelques minutes.

Elle revint et nous bûmes en silence. Alors elle me parla. Elle avait deviné que j'en avais beaucoup dit et que point trop n'en faut.

– Tu n'as pas encore rencontré Luc ! C'est mon homme !

J'aimais assez sa façon de dire ça. « Mon homme ! » Je n'avais jamais parlé de Valentin (ou de personne d'autre) comme ça. C'était à la fois affectueux et animal. Tendre et fort.

– C'est un vrai gentil comme ton Valentin, mais en moins discret et en plus grande gueule ! La première fois que nous nous sommes rencontrés, j'étais dans le tram. C'était à l'heure de pointe et une petite jeune fille était à côté de moi. À un moment, j'ai senti qu'elle se crispait considérablement. Je l'ai regardée et j'ai vu qu'elle était devenue rouge comme une pivoine et qu'elle essayait de se contorsionner et j'ai vu que le type derrière elle était en train de prendre son pied. Je me suis mise à hurler. Ce genre de trucs me rend hystérique.

– Qu'est-ce que tu as dit ?

– Je l'ai traité de tous les noms, je l'ai exposé et le moins qu'on puisse dire c'est qu'il n'a pas aimé. Il a commencé à se mettre en colère, à me traiter de tarée et de mal baisée et comme je ne me laissais pas faire – j'avais même réussi à tirer la petite derrière moi pour faire barrage entre eux et je continuais de l'insulter copieusement –, il a commencé à lever la main comme s'il voulait m'en foutre une, mais un gars est arrivé. Un véritable Zorro des transports en commun ! Il avait été témoin de la scène – comme tous les autres au passage, je n'avais pas exactement cherché à être discrète –, il avait joué des coudes pour nous rejoindre et il était arrivé juste à temps pour attraper le bras du type et comme il est un peu ceinture noire de judo, il a réussi sans effort à l'immobiliser avec une très jolie grimace de douleur en prime. Il lui a expliqué qu'on ne parle pas comme ça aux dames, qu'on ne se comporte pas comme ça et que si on n'est pas capable de se tenir, on se soigne. Il lui a parlé d'une voix basse et sourde, comme un chien qui vous grogne dessus avant de vous déchiqueter la gorge. C'était très impressionnant et à l'arrêt suivant, le gars est descendu en courant et en chancelant en même temps, la queue entre les jambes si j'ose dire. Moi, je me suis retrouvée face à Luc et je lui ai proposé d'aller prendre un verre. Il a accepté et voilà ! Il est devenu mon autre, ce jour-là !

– Ton autre ! J'aime !

– Moi aussi !

Elle me fit un clin d'œil.

– On n'est pas toujours d'accord. On s'engueule copieusement même des fois, mais on se respecte. On ne se fait pas de mal. On essaie en tout cas.

– Il fait quoi dans la vie ?

– Il prend soin de moi ! Et il me laisse prendre soin de lui !

– Magnifique ! Et ça paie les factures ça ?

– Ouh là là ! On est en forme ce matin ! Ne t'inquiète donc pas de nos factures. Nous nous en débrouillons bien !

– Pardonne-moi ! Je ne sais même pas pourquoi j'ai dit ça !

– Mais parce que c'est ce que tu as appris, ma chérie ! La question est de savoir si tu te reconnais dans ce que tu dis quand tu le dis ou si tu reconnais d'autres voix qui parlent en toi. Et si tu te reconnais, c'est OK, si c'est important pour toi, c'est OK, mais si tu laisses d'autres s'exprimer à travers toi, te faire taire et t'obliger à dire ce que tu ne veux pas alors prends simplement conscience de ça. Et décide pour toi !

Et tout à coup, j'éclatai en sanglots. C'était trop ! Ne le voyait-elle pas que c'était trop ? Ne le sentait-elle pas ? Elle arrivait chez moi. Elle s'invitait, elle s'installait dans ma vie ou sur mon tapis, ce qui en cet instant était du pareil au même. Elle me parlait de choses sans importance et puis de choses importantes et elle attendait de moi que je la suive, que je la comprenne, que je sache quoi dire et quoi faire quand je ne savais rien de tout ça. J'étais ce putain de renard solitaire qui avait passé sa vie dans les bois à se méfier des humains dans son genre. Qui vous approchent, vous tendent la main, vous parlent d'une voix douce et puis vous prennent au piège. Alors vous vous retrouvez la patte en sang, ils vous achèvent et bon débarras parce que leurs poules seront sauves et pas vous, mais vous n'êtes pas si important. Vous n'êtes pas intéressant.

Ces idées qui vous passent par la tête !

Les hormones sont un peu comme un cocktail de drogues. Très dosé ! Très osé !

Je n'ai jamais essayé de drogues ceci dit. Je ne fume pas. Je ne bois pas. Je ne trompe pas mon mec. Je ne mange pas de cochonneries. Je me couche tôt. Je me protège du soleil. Je conduis prudemment. J'exerce sur ma vie et sur mon corps et sur à peu près tout ce que je touche un contrôle très très chiant ! Ce pauvre bébé !

Je ne savais plus ce qui se passait. J'étais en larmes et elle était toujours là. Elle me regardait et me souriait gentiment. Pas contrariée. Pas déstabilisée. J'avais les mouchoirs à ma portée. J'en pris un et me mouchai bruyamment. Puis un autre. Je m'essuyai les yeux.

– Je ne sais pas ce que j'ai ! J'en ai marre de pleurer pour un rien.

– Alors ça tombe bien !

Et c'était reparti ! La vache ! Elle ne comptait pas me laisser de répit ? Je la regardai comme si je n'avais pas compris. Je ne crois pas qu'elle ait été dupe, mais, grand prince, elle précisa :

– Ce ne sont peut-être pas des riens justement !

Ben tiens !

– Mais je vais arrêter de te torturer !

Alléluia !

– La sage-femme ne va pas tarder. Je vais en profiter pour passer un peu à la maison. Je reviendrai t'apporter ton déjeuner !

– Et mes macarons ?

– Et tes macarons !

– Tu ne veux toujours pas me dire pour qui est le troisième ?

– Je suis sûre que tu as déjà trouvé !

– Mais non ! Je t'assure !

– Si, si ! Crois-moi ! Tu ne le sais juste pas encore !

– C'est complètement crétin ce que tu racontes ! Comment je peux le savoir sans le savoir ?

Elle me fit un clin d'œil tandis qu'elle se levait, pliait son plaid et le déposait au bout de mon lit.

– L'un des grands mystères de la vie, ma chérie.

Elle me proposa de descendre pour attendre la sage-femme en bas et pouvoir lui ouvrir plus facilement quand elle arriverait. C'était une bonne idée. Je me levai, me débarrassai du plaid et enfilai un pull par-dessus mon pyjama. J'étais toujours en pyjama ! Ce qui ne me frappa pas ou pas assez fort pour que je décide de faire autrement.

Nous descendîmes et je m'installai sur le canapé. Elle me prépara une infusion, la déposa à mes côtés, me souffla un baiser.

Elle était sur le point de partir. Je la regardai attentivement. Sa démarche légère. Sa robe à fleurs. Ses bracelets qui tintinnabulaient. Je la trouvai belle et décidai de le lui dire.

Nota bene inutile : jamais je n'aurais fait une chose comme celle-là auparavant !

– Je te trouve belle !

Elle se retourna, haussa un sourcil coquin, ce qui me fit rire à nouveau, et partit en criant :

– À tout à l'heure !

Je pris une profonde inspiration. Écoutai le bruit de ses pas. Celui de la porte. J'avais descendu Gabriel, mais ne l'invitai pas encore à me rejoindre. Je me demandai si toutes les conversations avec Bulle avaient cette exigence. De vérité. De justesse. Si je m'y ferais jamais. Moi qui m'étais toujours vantée d'être vraie ! Pas superficielle pour deux sous ! Tu parles, Charles !

Je m'étais tournée autour, voilà ! Sans prendre conscience de ce que je tournais sur moi-même en même temps, maintenant une face toujours bien cachée ! Je me découvrais lunaire, donc ! Et plus complexe que je ne l'avais su ! Dotée d'une personnalité qui ne m'appartenait pas. Et d'une autre qui était mienne et que je ne connaissais pas !

Et chaque fois que cela m'était à nouveau révélé, je m'effondrais.

C'était comme un chemin que je parcourais. Un chemin fait de bosses et de creux. Et à chaque creux, je tombai. Me blessai. Pleurai.

Et à chaque bosse, je me relevai, mais plus abîmée, empêtrée dans la certitude que j'allais encore tomber, me blesser, pleurer. Il y avait là un inéluctable qui me désespérait. Et il y avait là un inéluctable qui me rassurait.

J'étais dans cet état d'esprit lorsque la sage-femme arriva. J'allai lui ouvrir. Elle me sourit. Je ne sais pas exactement quelle tête je faisais. Mais j'étais très troublée. Elle ne pouvait manquer de le remarquer.

Elle n'était plus toute jeune, mais son visage était si doux qu'on se sentait immédiatement en confiance. Enfin, on, je ne sais pas ! Mais moi, oui. Je sus immédiatement que ça collerait entre elle et moi.

Sa voix était douce. Elle se présenta. Elle était donc sage-femme et sophrologue et accompagnait des femmes dans leur cheminement vers la maternité. Notamment dans le cas de grossesses difficiles. Nous étions bien au cœur du sujet. Nous nous installâmes confortablement. Je lui proposai à boire, mais elle déclina gentiment et commença à m'examiner après m'en avoir demandé la permission. Ses gestes étaient aussi doux que sa personne et je m'abandonnai à ses soins sans la moindre résistance. Elle me posa quelques questions sur mon mode de vie. Je lui expliquai la situation brièvement. La malformation utérine que l'on m'avait découverte. L'obligation de ne plus travailler quand le travail avait jusqu'ici été à peu près toute ma vie !

Je notai mentalement, mais sans insister, que si elle m'avait posé la même question la veille j'aurais probablement dit « Quand le travail avait été toute ma vie jusqu'ici ! ». J'y ajoutai à présent un « à peu près » subtil qui pesait lourd dans la balance, mais elle ne le saurait pas. Parce que je ne savais pas encore comment le lui expliquer.

Je lui parlai aussi de Valentin. Parti parce que j'avais insisté. De Bulle. Venue parce que lui avait insisté.

De ma mère que je ne préférais pas trop près.

Je n'allais pas encore jusqu'à lui parler de Jane ou de Gabriel, mais je sentis que je le ferais bientôt. Que j'en trouverais l'occasion. Ou qu'elle trouverait l'occasion de m'en donner l'occasion, ce qui reviendrait (presque) au même.

Elle finit de m'examiner et se déclara satisfaite. Elle me fit quelques recommandations, me posa des questions et puis elle demanda :

– J'ai une particularité dont ma collègue vous a peut-être parlé. Je suis sophrologue en plus d'être sage-femme. Ce sont deux activités que je mène de front ou séparément selon mes patientes. J'accompagne certaines avec mes deux casquettes pendant toute leur grossesse. Certaines ne sont suivies que classiquement et je continue de travailler avec certaines une fois bébé arrivé, en tant que sophrologue cette fois. Comme c'est notre première fois, j'aurais aimé savoir ce que vous pensiez faire ?

– À vrai dire, je ne suis pas très au fait de la sophrologie. Mon compagnon est pour, c'est tout ce que j'en sais !

– Oui, il me l'a dit lorsque nous nous sommes parlé au téléphone, mais comme je le lui ai expliqué, il faut que ce soit vous qui soyez partante. C'est vous qui ferez tout le chemin. Pas lui ! Et je ne peux venir qu'avec vous. Je ne peux pas y aller pour vous !

Je n'en savais pas plus que la veille ou que le matin même, mais je l'avais découverte, elle, et j'avais envie d'essayer ce qu'elle me proposait. Je ne parvenais pas à imaginer qu'elle pourrait ne pas me faire de bien !

Elle me sourit d'un air doux et je sus qu'elle m'aurait souri de l'exacte même manière si j'avais dit non. C'était étrange. Je réalisai que j'appréciai ce sentiment qu'il n'y avait pas de bonne ou de mauvaise réponse. Je crois que c'était à peu près la première fois de ma vie que je ressentais une chose pareille. Une vérité au-delà de toute évaluation ou de tout jugement. Une vérité simple. Un vent de liberté.

Elle m'expliqua qu'elle allait commencer par me poser quelques questions de manière à évaluer mes besoins actuels, leur degré d'urgence en quelque sorte, leur impact sur mon état général et *vice versa*. Puis nous définirions mon objectif.

Je connaissais ces histoires d'objectif. On nous rebattait les oreilles avec ça au boulot. Dotez-vous d'un objectif et vous deviendrez hyper-performant ! Et votre carrière explosera ! Et ils seront tous verts de jalousie ! Et puis le jour où vous ne serez plus en état de travailler pour eux, ils vous oublieront vite fait et vous remplaceront plus vite encore ! De façon à ce que vous ne fassiez pas obstacle à *leur* objectif !

Bref, cette idée d'objectif à atteindre me rappelait douloureusement ce qui m'arrivait, mais je voulais tout de même lui laisser une chance.

Je fis bien !

Je décidai de ne rien lui cacher.

Les tensions dans mon corps. Dans ma tête. Les crises de larmes intempestives. Mes réveils prématurés, au tout petit matin. Le temps qui passe. Interminable.

Ma vie professionnelle au point mort.

Valentin, encore. Bulle, encore. Ma mère, encore. Et rien ni personne d'autre dans ma vie.

– Votre père ?

– Il est gentil, mais on ne se parle pas. Pas qu'on soit fâchés ni rien. On ne se parle juste pas.

– Des frères ? Des sœurs ?

– Un frère.

Elle a attendu. Rien n'est venu.

– Un frère donc ?

– Oui.

– Vous vous voyez ?

– Non. Du tout.

– C'est comme avec votre père ? Vous ne vous parlez pas ?

– On ne se parle pas, non. Mais ce n'est pas comme avec papa. C'est très différent de ça.

Je la regardai avec insistance. Je ne voulais pas lui dire de laisser tomber, mais je voulais qu'elle lâche l'affaire et elle comprit le message. Je pensai brièvement à Bulle, qui, elle, ne semblait jamais comprendre ce genre de messages.

Elle me demanda encore si j'avais des aversions, des phobies. Je répondis seulement :

– Le sang !

– Et les prises de sang ? J'ai bien peur qu'elles ne soient incontournables !

– Ça va ! Si je ne regarde pas !

Et je lui lançai le même regard que précédemment. Elle nota. Ne commenta nullement.

Et puis elle me demanda si j'avais des ressources. Des lieux, des objets, des moments qui me procuraient des sensations de bien-être.

– La plage !

Je lui parlai de mes dimanches. En solitaire. Au bord de la mer. Le bruit des vagues. Le vent dans mon visage. Elle me demanda ce que cela me procurait et je la regardai comme si, vraiment, c'était une drôle de question à poser.

– Ça me ressource c'est tout et c'est déjà beaucoup ! C'est comme si j'étais une voiture et que je faisais là-bas le plein d'essence. Ça me maintient en mouvement !

– Et quoi d'autre ?

Je réfléchis intensément. Je fis un détour par la pensée quelques jours en arrière. J'aurais répondu le travail. Et je ne savais plus si j'aurais eu raison. Je dis tout autre chose :

– La banquette dans ma chambre et mon bow-window et mes livres !

– Et ça, ça vous procure quoi ?

– Le calme. La paix.

– Et quoi encore ?

– Valentin. Je crois.

Elle sourit de mon hésitation, mais sans me juger. M'interrogea du regard, mais sans me brusquer.

– Il est toujours là pour moi, lui dis-je. Même quand il n'est pas là.

– Et ça vous procure quoi ?

Question difficile !

– De la confiance ?

– De la confiance ?

– Vous me faites penser à Bulle, ma voisine ! Elle répond aux questions par des questions.

– Mais ce n'était pas une question que vous me posiez ! Vous vous la posiez, je crois.

– C'est ce qu'elle dit aussi ! Vous vous entendriez à merveille !

Elle sourit encore. Nota « Confiance ? ». Revint à moi. « Quoi encore ? » demandaient ses yeux. Quoi encore ?

– Bulle peut-être ! leur répondis-je. Je ne la connais pas bien encore, mais elle a cet effet sur moi. Elle me pousse.

– À quoi ?

– À essayer d'être moi, je crois. Une meilleure version de moi !

– Meilleure en quoi ?

– Pas meilleure dans le sens où ce serait mieux. Meilleure dans le sens où ce serait… plus vrai peut-être ?

C'était drôle d'exprimer ça. Et le reste d'ailleurs.

– Et ça vous procure quoi ?

– Ça a l'air de rien votre petite question là, mais c'est piégeux !

Elle ne releva pas. Attendit patiemment.

– Ça me procure de la justesse, je crois. Et au-delà de ça, elle me donne à goûter à l'amitié. Et c'est nouveau pour moi ! Très nouveau et je crois que j'aime ça ! Quand j'étais petite, personne n'était assez bien pour être mon amie. Ma mère y veillait et dès que je *m'entichais* d'une fille, elle s'empressait de lui trouver tous les défauts de la terre et elle nous mettait des bâtons dans les roues de toutes les façons possibles et je lui en voulais, mais je la laissais faire. Je lui en voulais alors que si je ne l'avais pas laissée faire, les choses auraient pu être différentes !

Je ne savais pas pourquoi j'avais dit ça ! Je la regardai étonnée. Elle hocha la tête. Plongée tout entière dans cette neutralité bienveillante qui rendait tout possible.

J'avais envie de pleurer et je le fis. Doucement, sans réelle tristesse. Quelques larmes seulement qu'elle accueillit tranquillement, ce qui les aida aussi bien à jaillir qu'à se tarir.

Quand elle me sentit prête, elle prit le relais. Il nous fallait encore définir un objectif et cette fois, je n'étais plus hésitante. Cela n'avait rien à voir avec les objectifs du travail. C'était un objectif qui m'appartenait, qui m'appartiendrait pleinement. Du début à la toute fin. Et qui n'aurait pas le moindre sens sans moi. Hors-moi. Je lui demandai s'il fallait que ce soit en lien avec le bébé. Elle me dit qu'il fallait que ce soit en lien avec moi et qu'il ne fallait rien d'autre. Seulement qu'il m'appartienne et synthétise ce que je voulais vraiment.

– Alors, je voudrais être la meilleure mère possible pour ce bébé.

Parce que le bébé n'était pas une obligation. Parce qu'elle ne l'avait pas imposé dans mes pensées. Parce que lui s'était imposé à moi. Tout seul. Comme un déjà grand qu'il n'était pourtant pas encore.

– Et ce serait quoi ?

– Quoi ?

Je m'étais perdue dans mes pensées.

– Ce serait quoi la meilleure mère possible ?

– Pas la mienne ! m'écriai-je.

Je rougis et repris :

– Simplement celle que je veux vraiment être ! Je veux décider quelle mère je serai pour cet enfant et ça passe par décider qui je veux être à partir de maintenant ! Ça passe par retrouver mes livres, mon temps, par faire à nouveau ces choses que j'aimais tant !

– Lesquelles ?

– Je lisais tout le temps. Et puis j'écrivais ! J'ai écrit ma première histoire à dix ans, à peu près. Elle n'était pas bien longue. Ça parlait d'une petite fille qui se réveille un matin dans un lit qui n'est pas le sien. Elle regarde autour d'elle et elle ne reconnaît rien. Puis une femme entre dans sa chambre et elle ne la reconnaît pas non plus. L'inconnue appelle en criant d'autres inconnus et la petite fille comprend qu'elle est à l'hôpital et l'un des inconnus lui parle, lui explique gentiment qu'elle a eu un accident avec ses parents, qu'elle a été longtemps malade, que c'est merveilleux qu'elle aille mieux et qu'elle va être très courageuse maintenant. Et pendant tout le temps où le docteur parle ainsi gentiment, la petite fille se demande où peuvent bien être ses parents. Elle les cherche des yeux, impatiemment. Elle fixe la porte de la chambre. Elle se demande si en faisant un effort, elle ne pourrait pas les faire arriver par la seule force de sa pensée. Elle se dit qu'ils doivent être allés faire une course. Ou qu'ils sont peut-être encore au travail. Elle ne sait pas quel jour on est. Ni quelle heure il est. Elle voit que le soleil est levé, mais elle n'en sait pas plus. Le ciel est grisâtre. Il semble un peu triste, mais vous connaissez le ciel ! Toujours à se faire malheureux. Pour un rien. Et puis la porte s'ouvre et son tonton entre, il a l'air vieux et triste, lui aussi. Comme le ciel. Il s'est laissé pousser la barbe et des cernes lourds comme des valises le dévisagent presque. Et il prend la petite fille dans ses bras et il pleure et elle décide qu'elle n'aime pas beaucoup ça. Ni l'hôpital. Ni les docteurs. Ni le ciel. Ni son tonton qui pleure. Ni rien. Et elle voit bien qu'ils essayent tous de lui dire quelque chose, mais elle n'entend pas quoi. Et elle leur dit : « Je n'entends pas ! » Mais eux non plus n'entendent pas et elle se demande si elle n'a pas attrapé une sorte de virus des oreilles et si elle ne le leur a pas transmis. Pour être sûre de ne plus les contaminer, elle plaque ses mains sur ses oreilles, elle ferme ses yeux, sa bouche, et elle décide que le mieux serait d'arrêter aussi de respirer, mais son corps refuse de coopérer. Elle finit par s'endormir, et elle se réveille au milieu de la nuit et elle est à nouveau seule dans cette chambre qui n'est pas sa chambre. Elle entend distinctement le bruit des bips et cela signifie que ses oreilles sont guéries, mais elle sait, elle sent plutôt, que si elle reste là, la maladie reviendra et elle se lève donc, ne trouve pas ses vêtements, mais ne s'en trouble pas. Et elle part dans la nuit à la recherche de ses parents, mais sans jamais les retrouver, sans jamais qu'on la retrouve non plus.

Je me tus. Je fixai la pauvre femme en me disant qu'il valait mieux qu'elle sache tout de suite à qui elle avait à faire.

– Je n'avais parlé de ça à personne, jamais. Même pas à Valentin.

– Et à vos parents ?

– À ma mère, oui. Elle l'a lu. Et elle m'a dit qu'elle était très déçue. Que ça n'avait ni queue ni tête. Qu'il y avait des fautes et que si j'avais du temps à perdre avec de telles âneries, c'est que je ne travaillais pas assez ou que je ne me dépensais pas assez. Elle m'a inscrite à la piscine. Deux heures d'entraînement, trois soirs par semaine. En plus du piano, de la chorale, du solfège. En plus du judo. En plus des stages de musique et de poney. En plus des cours particuliers. En plus du club d'échecs et j'ai peur d'en oublier.

– Vous avez encore écrit après ça ?

– Non ! Plus jamais ! J'ai même abandonné mon journal. Et je n'ai plus écrit à Marie non plus !

– Marie ?

– C'était ma meilleure amie à l'époque ! Une petite dévergondée selon ma mère. Elle avait le nez méchant à ce qu'il paraît, ce qui la disqualifiait donc apparemment pour toute tentative de rapprochement ! On s'écrivait quand même. Tous les soirs ! Mais c'était avant l'histoire de la petite fille et après j'ai arrêté.

Marie a essayé de comprendre, mais je ne l'ai pas aidée. J'avais honte, je crois.

– Mais vous n'aviez plus le temps.

– Non, c'est vrai, plus vraiment.

Et c'était vrai ! Je m'étais certes laissé faire. Mais pas seulement. Ma mère m'avait piégée dans la toile d'un emploi du temps qui m'épuisait, me vidait. De tout. De moi surtout.

– Mais j'ai le temps maintenant !

Et cela me frappa comme une évidence. Une évidence tellement évidente qu'elle en était même douloureuse.

– Oui, c'est ça, je veux écrire ! Je veux reprendre là où je me suis arrêtée ! Je veux écrire à mon bébé ! Pour faire sa connaissance… en guise de bienvenue !

Je la regardais comme si ma vie venait d'exploser en tout petits morceaux et que je considérais les morceaux du puzzle que j'envisageais de reconstituer avec ravissement.

– Je vous repose donc la question : que voulez-vous vraiment ?

– Je veux, grâce à l'écriture, me reconnecter à moi-même pour mieux me connecter à mon bébé !

Et ce fut dit ! Et ce fut grand ! Ce fut dément ! Ce fut comme une révélation. Ce fut, je crois, mon premier accouchement !

Nous n'avions pas fini, mais le reste de la séance et le reste de la journée à vrai dire passèrent comme dans un rêve.

Elle me parla de la façon dont nos séances se dérouleraient. Elle me donna un aperçu des exercices qu'elle me ferait pratiquer. Puis elle me demanda comment j'allais et j'allais bien, merci, très bien même, mais je n'étais plus là, je n'étais déjà plus avec elle, j'étais déjà dans ce que je voulais faire, dans les mots que j'avais envie d'écrire soudain, avec une urgence dévorante. Je me donnais l'impression d'être un barrage qui se découvre barrage et ressent tout à coup les tonnes d'eau qui poussent, poussent contre ses flancs et le barrage ne se sent plus capable de les contenir et il cède. L'inondation est terrible, inévitable, inéluctable, elle balaye tout sur son passage, moi le barrage compris.

Macaron à la rose, pour éclore comme une fleur !

Bulle vint juste après que la sage-femme fut partie et je ne la reçus pas très comme il faut. Elle se moqua de moi mais très sincèrement, je la soupçonne d'avoir été ravie pour moi.

En fait, quand elle entra, elle me trouva à quatre pattes en train de fouiller dans des placards.

– Mais qu'est-ce que tu fais dans cette position ? C'est la sage-femme qui t'a demandé de faire le petit chien ?

– *Ah ah !* Très drôle ! Non, je cherche un cahier si tu veux savoir !

– Un cahier ?

– Oui, un cahier pour écrire, figure-toi !

– Tu veux noter ton objectif ? Tes ressentis ?

– *Nope !* Je n'ai pas besoin de les noter ! Ils sont là (je montrai ma caboche) et pas près de ressortir ! Ah, voilà !

Je ressortis la tête du placard en exhibant fièrement un joli cahier à la couverture de cuir que je m'étais offert il y a des années (un peu comme je continuais de m'offrir des livres sans les lire) et dans lequel je n'avais évidemment pas écrit une seule ligne.

– Je vais écrire à mon bébé !

Elle me sourit d'une façon parfaite.

– C'est une merveilleuse idée, Claire ! Je suis terriblement jalouse !

– De ?

– Mais de ne pas l'avoir eue ! J'aurais adoré faire ça !

– Je me suis souvenue de quelque chose avec la sage-femme !

– Oui ?

– J'écrivais avant. J'écrivais quand j'étais enfant ! J'écrivais mon journal, j'écrivais des poèmes. J'écrivais à mes amies et j'ai même écrit une histoire et je crois même que je peux la retrouver. Je ne me suis jamais décidée à la jeter.

– La jeter ?

Elle avait ouvert de grands yeux horrifiés et oubliant sa jolie neutralité habituelle, semblait absolument choquée. Et je crois que je l'aimai d'amour à cet instant.

– Mais pourquoi aurais-tu fait une chose pareille ?

– Parce que ma mère m'a expliqué que c'était une horreur !

Et je l'entendis distinctement. Elle ne le dit pas, mais je jure que je l'entendis. Répondre. Que c'était ma mère qui était une horreur. Et je ne la contredis pas !

Je lui parlai de l'histoire et elle me demanda, me supplia même de la retrouver et de la lui lire ou de la lui laisser lire. Je promis et lui dis qu'en me demandant ça, elle venait de me faire le plus beau cadeau que l'on m'avait jamais fait. J'étais sincère. Elle prit le cahier, le posa près de moi, serra mes mains dans les siennes, m'embrassa, me serra contre elle et non seulement je la laissai faire, mais je me détendis complètement. Moi qui n'aimais pas, mais alors là pas du tout, les câlins, je la serrai en retour et nous restâmes un moment comme ça, jusqu'à ce que nous nous écartions l'une de l'autre, un sourire idiot et béat aux lèvres.

– Écris ! Je vais te laisser, tu as besoin de solitude. J'ai apporté ton déjeuner, il est dans la cuisine. Mange quand tu voudras, appelle-moi si tu veux pour le café… ou pas ! Ce sera comme tu voudras !

Je lui souris, hochai la tête. Et elle fut partie. Je repris le cahier, m'installai sur le canapé.

Je pris une profonde inspiration et la bloquai un instant. Puis soufflai lentement, profondément. J'ouvris le cahier, pris un stylo.

La première page s'étalait devant moi. Je sais ce que l'on dit des pages blanches, de l'angoisse qu'elles génèrent chez certains. J'ai de la chance, je ne suis pas sujette à ça. Face à une page blanche, je suis plutôt sujette à une bouffée de bonheur assez difficilement descriptible. Face aux possibles qui se dessinent. Face à ce qu'il me reste à faire. Le geste d'écrire. Le geste d'être.

J'avais écrit bien entendu toutes ces années. J'avais écrit des devoirs, des lettres, des rapports. Mais rien qui génère ça en moi. Cette montée de sève en quelque sorte. J'étais un arbre soudain. Un arbre à nouveau et l'idée de ce que je m'apprêtais à faire m'était comme un printemps intérieur.

Je pensai à Anne Frank, bien sûr, et à l'amie imaginaire de son journal, Kitty. Chère Kitty… Je décidai d'adresser ce cahier à mon bébé et donc de lui choisir un nom. C'était une première complication. Je ne savais pas encore si c'était une fille ou un garçon. J'aurais pu savoir, l'amniocentèse puis la deuxième écho m'auraient renseignée. J'avais préféré ne pas savoir et Valentin, bien sûr, est-il besoin de le préciser, avait été d'accord avec moi. Je ne le regrettais pas, mais ça ne me facilitait pas la tâche. Et puis, je ne voulais pas choisir sans lui. C'était assez nouveau aussi, mais je décidai que dorénavant, j'allais, avec ou contre son gré, l'obliger à prendre plus de place à mes côtés. La place qu'il méritait !

N'empêche, je me demandai comment m'adresser à ce bébé et puis soudain, je souris et ne me demandais plus. Ça n'avait pas d'importance et je le savais bien. Ce qui avait de l'importance était d'écrire aussi, j'écrivis.

Mon amour, mon oiseau bleu, ma plume bariolée, mon enfant d'argent,

Je viens de prendre une grande décision. Je viens de prendre une grande inspiration. Et je viens de prendre un petit cahier. Je l'avais acheté il y a longtemps parce que je l'avais trouvé beau. Si beau en vérité que je n'avais jamais osé écrire dedans. De peur peut-être que mes mots, eux, ne soient pas assez beaux pour rivaliser avec le cahier. Sans doute. Mais voilà que ce matin, j'ai voulu t'écrire à toi et, parce que mes mots doivent aller jusqu'à toi, devront voyager loin, longtemps, pleins de force et de courage, parce qu'ils devront transporter dans leur besace de mots un amour immense, mais léger, léger, léger, j'ai repensé à ce petit cahier et je l'ai choisi. Je me suis dit que c'était comme ça, la vie. Un jour, on choisit un cahier et puis on l'oublie et puis, quand le moment est venu, il se rappelle à vous. C'est le bon moment, c'est le bon cahier, et vous vous sentez comme une pièce de puzzle qui a enfin trouvé l'emplacement qui lui était destiné. Les formes, les couleurs, tout convient, la pièce de puzzle qui jusqu'ici s'était sentie perdue et déplacée se trouve soudain parfaitement adaptée : elle s'installe à cet endroit qui lui était destiné et tout est bien.

Cette grande décision donc, cette grande inspiration, ce sera de t'écrire chaque jour, mon amour. Et chaque jour, m'ouvrir, m'offrir un peu plus à toi et chaque jour te permettre de me rencontrer. Une rencontre étrange. Une rencontre à l'aveugle, un peu comme dans ces histoires d'amour où l'on se découvre d'abord à travers une correspondance faite de silences peu à peu explorés, faite d'absences peu à peu dévoilées et seulement quand on est prêts, l'un, l'autre, on fait le pas qui nous mène l'un face à l'autre et la rencontre est unique et magique, elle est le lieu de tous les possibles car elle a été préparée, elle a été inventée, créée, imaginée, elle a été l'objet de toutes les fantaisies, elle a été un sourire sur nos visages la nuit, un frisson sur nos peaux, elle a été une page tournée, une grande révélation. Elle a été. Et parce qu'elle a été, elle peut être.

Je suis donc ta maman et comme tu le constates, je suis un peu folle, un peu fantasque. J'aime les mots, je les ai toujours aimés même si j'en étais venue à oublier combien je les aimais, mais le fait est qu'aujourd'hui je les redécouvre et je ne veux plus jamais les laisser m'abandonner alors j'ai décidé de te tisser des lettres faites de ces mots que j'aime tant. Les tisser, les filer, les tricoter, les denteler, les lisser, les caresser et puis te les offrir, en bouquets chantants, en matière à toucher, à palper, à faire glisser sous le bout de tes doigts, à faire claquer dans le creux de ta bouche, à respirer, au cœur desquels plonger. Et que ces bouquets de mots te disent combien je t'aime déjà. Alors que nous ne nous connaissons pas encore. Quoique…

Tu es là, dorénavant et tu m'attends et je t'attends aussi. Même si nous ne savons encore rien l'un de l'autre, nous en savons déjà beaucoup.

Tu sais mes mouvements et mon odeur. Tu sais ma voix. Tu sais mes absences et tu connais la qualité des silences et des émotions qui me parcourent quand je flâne au cœur des livres que j'aime tant.

Tu sais ce qui m'est familier. Ce qui me surprend. Tu connais ce dont je me nourris. Tu sens la vie comme elle palpite en moi.

Et moi ? Moi, je te sens déjà bouger. Et je t'ai regardé. Pas bien, pas complètement, mais je t'ai regardé dans ton berceau liquide, te balancer. Je t'ai regardé, tout recroquevillé que tu es, dans mon ventre, à l'abri. Et je t'ai aimé.

Car oui, oui, oui, j'ai décidé de t'aimer. Une autre grande décision. Une autre grande inspiration. La plus belle, la plus merveilleuse, la plus importante de toute ma vie : j'ai décidé de t'aimer pleinement. Totalement. Je te choisis sur plans alors que tu n'es pas fini. Je te choisis pour toute la vie. Je choisis de t'aimer inconditionnellement. Tu n'as rien d'autre à faire que grandir, te préparer, et puis venir. Je serai là, je te le promets, je t'accueillerai, je t'attraperai et je ne te quitterai plus. Je prendrai soin de toi, je te nourrirai et je te choierai, je te prendrai dans mes bras quand tu en auras besoin et je veillerai à te laisser faire tes premiers pas quand le moment viendra.

Mon amour, je suis cette page blanche que je m'apprête à remplir, jour après jour. Et tu seras l'encre grâce à laquelle je la transformerai. Et de vide, elle deviendra pleine. De promesse, elle deviendra acte.

En t'écrivant, je veux essayer d'être au plus près de la vérité. Cette vérité, je te la dois et au milieu de ça et de tout le reste, de ce que tu me donnes aujourd'hui, qui est inestimable, et de tout ce que nous nous donnerons à partir de maintenant, qui sera notre trésor de guerre, j'espère que ce cahier sera une goutte d'eau si pure qu'elle fera déborder le vase de nos vies, courir l'eau telle une cascade, se jeter dans les ruisseaux, les rivières et les fleuves, continuer sa course vers les océans, puis s'élever vers le ciel, retomber en pluie douce et donner la vie encore.

Sache enfin, à l'aube de cette nouvelle vie qui commence pour toi et moi, que je ne suis pas seule à te donner la vie, tu me la donnes aussi ! Alors merci ! Merci à toi, mon amour !

À te retrouver et à t'aimer si fort, encore et encore !

Ta maman, pour toujours et à jamais…

Je reposai le stylo et partis d'un grand éclat de rire.

C'est du grand n'importe quoi ! On ne parle pas ainsi à un bébé ! Déchire ça et fais plutôt quelque chose d'utile ! Pourquoi n'apprendrais-tu pas une langue puisque tu as du temps ? Tu as toujours été douée pour les langues ! Ou tu pourrais suivre un cours en ligne, passer une certification ! On ne sait jamais !

J'entendais distinctement la voix de ma mère parler dans ma tête. Elle parlait avec ma propre voix, mais je la reconnaissais sans le moindre doute. C'était bien elle ! Ses inflexions. Ses intentions. Et ni les unes ni les autres n'étaient volontairement mauvaises, je le savais, mais je la fis taire avec fermeté et je soupirai d'aise quand je constatai qu'elle m'avait obéi.

Je ne voulus pas me relire. Je savais qu'à partir de ce jour, j'écrirais à mon bébé quotidiennement et je ne voulais pas intellectualiser cela. Je ne voulais pas en faire un exercice à maîtriser. Je voulais seulement en faire un cadeau venu du cœur. Tel quel.

Je pris encore une feuille de papier et c'est ensuite à Valentin que j'écrivis. Je lui racontai ce qui venait de m'arriver, le cahier que je venais d'ouvrir, où je comptais écrire longtemps, et que j'offrirais un jour à notre bébé. À notre amour. Je mis la lettre sous enveloppe et notai l'adresse improbable qui allait lui permettre d'atteindre l'homme que j'aimais. Je ne comptais pas lui en parler au téléphone. Je lui laisserais trouver ma lettre un jour prochain, la lire, se faire surprendre par tout ce que j'y disais. Tout cet amour qui s'échappait soudain de moi. Pour notre enfant. Et pour lui. Contente de moi, je plaçai l'enveloppe cachetée sur la console de l'entrée, sachant que je demanderais à Bulle de la lui envoyer.

Et puisque je pensais à Bulle, je décidai de lui écrire aussi. J'étais comme boulimique. Je ne voulais plus que les mots m'échappent, jamais. Je voulais les laisser couler, m'emporter. C'était délicieux, grisant, j'étais comme ivre de la sensation particulière qu'il y a à réaliser que l'on est tout à coup exactement qui l'on est. Devenue moi. Par la grâce de ce stylo qui courait sur les pages et me disait, m'exportait.

Je lui écrivis quelques mots seulement. Sous forme de poèmes. Je les laissai en évidence sur la table du salon avec les tasses dans lesquelles nous prendrions bientôt notre café. J'allai à la cuisine et mangeai avec appétit mais lentement, prenant le temps de savourer chaque bouchée. Je repensai à cette matinée folle, je repensai à l'histoire que j'avais écrite enfant. Je fus prise d'une envie folle de la retrouver maintenant, tout de suite, mais je m'obligeai à ne pas bouger encore, ne pas la chercher encore. Je m'obligeai à une patience qui n'était pas facile, mais qui était presque délicieuse tant elle promettait d'être riche en surprises si je la laissais faire, prendre possession de moi et me guider, lentement, mais sûrement, sur le chemin qui s'ouvrait face à moi.

Et c'était un si joli chemin ! Il me rappelait une forêt dans le Jura. Je ne savais pas pourquoi, mais je n'y avais plus pensé depuis un temps fou. Il me rappelait cette forêt dans le Jura, un jour d'hiver. Nous y marchions, mon père, mon frère et moi. Nous trois seuls, je ne sais plus pourquoi.

La lumière de février, si particulière, filtrait entre les hêtres, les sapins, les épicéas, quelques érables sycomores. Nos pas crissaient sur la neige. Sauf lorsque nous nous arrêtions de temps à autre et parfaitement immobiles, nous écoutions les chants des pinsons, des mésanges, des pics. Nous suivions les traces des chevreuils, des renards, des lièvres. Je me souvins de cette fois où mon père était tombé dans un trou entre deux troncs et mon frère et moi avions tellement ri que nous n'avions pas réussi à l'aider à se relever. Lui aussi riait tout en nous grondant, mais sans y croire, pas une seconde, et nous avions passé un instant merveilleux, nos rires résonnant longtemps dans le bonheur somptueux de cet après-midi-là.

Je croyais n'avoir aucun souvenir heureux de mon frère. J'avais seulement oublié celui-là. Et le voilà qui me revenait. La cheminée géante dans la cuisine de ma tante. Le chocolat chaud fumant. Les généreuses tartines à la confiture. Et lui qui racontait notre aventure. Il savait raconter les aventures, j'avais oublié ça aussi ! Il racontait, il mimait et nous vivions la scène à nouveau comme je la vivais encore, à cet instant, tant d'années plus tard.

J'essuyai les larmes qui avaient coulé sur mes joues jusque dans ma bouche et avaient donné un goût salé à ce que je mangeais et puis j'appelai Bulle pour un café.

Elle ne mit que quelques minutes à arriver. Les filles étaient déjà reparties pour l'école depuis un moment. Elle entra. Je m'étais cachée. Elle m'appela, je criais un « J'arrive » aussi enjoué que possible et continuai de l'espionner. Elle trouva au salon nos deux tasses, la cafetière italienne toute prête, un peu de chocolat et le mot. Il était écrit *Bulle* dessus, elle ne pouvait pas se méprendre. Elle ne se méprit pas. Elle le retourna. Et découvrit les trois haïkus que je lui avais adressés plus tôt.

Une Bulle de lumière
A éclaté et ravi
Mon cœur endormi.

Une Bulle de douceur
A envahi mon cœur gris,
Il danse aujourd'hui.

Une Bulle de champagne
A chatouillé mon ennui,
Explosion de rire.

Et le petit mot qui allait avec :

Merci pour tout ma Bulle de chaleur, ma Bulle de bonheur, ma Bulle de cœur !

Je t'aime,

Claire

J'étais sortie de ma cachette pour mieux la voir et ses yeux aux coins desquels quelques larmes avaient coulé. Et je fus à nouveau dans ses bras. Je ne m'en plaignis pas. J'étais résolue à y passer beaucoup de temps désormais.

Macaron coco, thé vert et agrumes, parce que ça rafraîchit !

26e semaine

Le sommeil de maman est contrarié. Son ventre grossit. Elle peut être sujette à la mauvaise humeur. Bébé ouvre les yeux. Il réagit aux variations de luminosité.

Ma vie bascula. Littéralement. J'eus le sentiment de m'être trouvée embarquée à bord de l'un de ces bateaux de pirates que l'on trouve dans les fêtes foraines. Ces bateaux qui vous font monter d'un côté et qui, tout à coup, vous basculent de l'autre côté. Je ne suis pas une grande fan, je dois dire, mais c'est l'image qui me vient à l'esprit. Un bateau de pirates, oui ! Ma vie était à l'image d'un navire de flibustiers, je piquais des crises de rire pour un rien et je n'arrêtais plus. J'écrivais à mon bébé chaque jour. Je lui racontais qui j'étais, ce que je faisais. Je lui parlais de la maman que je voulais essayer d'être pour lui. Je mettais de la magie dans les mots que je lui envoyais par la pensée. Et je sentais comme la magie allait jusqu'à lui. Lové tout au creux de mon ventre. Et je sentais comme la magie me nourrissait aussi.

Je me mis à lire des tas de publications sur la parentalité. C'est une chose que je ne me serais jamais imaginée faire. J'aurais trouvé ça un peu ridicule avant. Je me serais dit que ce ne devait pas être bien compliqué d'être parent, mais je sentais à présent que j'avais été bien naïve auparavant. Je découvrais des trésors. Je m'intéressais à tout, Bulle lisait souvent les articles avec moi, nous en parlions ensuite et nous en parlions avec les filles aussi. Nous leur demandions leur avis. Nous avions découvert que demander leur avis aux enfants avait un effet quasi magique et nous ne nous en privions pas. Les filles prirent vite le pli et après l'école, elles vinrent toutes directement chez moi pour le goûter. Plus seulement Garance, mais elle ne semblait pas m'en vouloir et je veillais toujours à garder quelques instants à ne partager qu'avec elle. Je lui demandai comment se passaient ses journées, je l'interrogeais sur ses amies et si je savais que l'une d'elles était malade, je m'en inquiétais toujours. Je sentais qu'elle était sensible à cela et c'était toujours à moi qu'elle récitait ses leçons, qu'elle parlait des livres qu'elle lisait. Ma maison qui avait été longtemps si vide, comme l'une de ces petites vitrines que j'appréciais tant, avant, se remplissait à vue d'œil et c'était comme assister, émerveillée, à un petit miracle quotidien. Les filles avaient transformé mon séjour toujours impeccable, digne d'une couverture de magazine de déco, en un bazar joyeux et coloré. Y avaient transporté leurs coussins, leurs poupées, leurs crayons de couleur, leurs livres. Et le pli avait été vite pris. Garance faisait ses devoirs sur la table de la salle à manger, le plus près de moi possible, toujours à me toucher, à peine, mais j'aimais sentir la chaleur de sa peau contre mon bras. Naïs s'installait par terre devant la table basse parce qu'elle aimait la douceur du tapis sous ses fesses et Juliette se mettait à la cuisine, probablement parce que nous n'y étions pas. J'avais très envie de me rapprocher d'elle, mais elle ne se laissait pas faire. C'était une enfant très fermée, très secrète. Elle ne ressemblait en rien à sa sœur aînée. Encore moins à sa cadette. Elle était autre. Et cet autre m'attirait, mais je ne savais pas comment l'aborder. J'en avais parlé à Bulle qui avait plus ou moins esquivé la question.

Je l'observai à la dérobée. Elle était souvent dans la lune. Penchée sur ses cahiers, mais la tête ailleurs. Elle regardait par la fenêtre et même après que la nuit était tombée, elle continuait de regarder par la fenêtre noire qui ne faisait plus que refléter la cuisine et la petite fille solitaire qui s'y tenait. Elle était devenue le renard. Ma cuisine sa forêt et moi l'enfant qui ne savait comment l'apprivoiser.

29 mars

J'attendis ma troisième séance de sophrologie avant de rechercher activement mon histoire d'enfance. Je la retrouvai. Facilement, en réalité. Elle était assez exactement là où je me doutais qu'elle serait, dans un carton, au grenier. Avec les lettres de Marie que j'avais cachées toutes ces années pour ne pas prendre le risque que ma mère puisse les trouver. Et les jeter.

Je descendis le carton à la cuisine et j'en sortis le livre. Mon livre ! Quelqu'un d'autre que moi n'y aurait probablement pas vu un livre. Il n'avait pas les caractéristiques habituelles d'un livre, mais pour moi il ne faisait pas le moindre doute qu'il en était bien un et je le relus presque religieusement. Il était plus court encore que ce dont je me souvenais et tenait sur trois copies doubles, petit format, grands carreaux. Mon écriture était méconnaissable. J'avais tracé de grandes lettres maladroites, les phrases l'étaient aussi et l'orthographe était imparfaite. Mais le relire me remplit d'une immense fierté pour la petite fille que j'avais été et j'eus une terrible envie de pouvoir remonter le temps, retrouver cette petite fille et lire cette histoire avec elle, lui dire à quel point ce qu'elle avait accompli avait de valeur à mes yeux.

Je relus aussi les lettres de Marie. Pleurai encore. Les hormones continuaient de danser en moi leur drôle de farandole, mais j'accueillais désormais les larmes sans inquiétude, me faisais à elles et aux émotions qui s'agitaient en moi, étaient en moi comme des engrais naturels qui rendaient ma terre meilleure, plus nourricière, plus créatrice.

Je n'avais pas vu le temps passer et ce soir-là, quand les filles arrivèrent pour le goûter, je les rejoignis sans avoir eu le temps de ranger. Mon troisième macaron était devenu l'enjeu de paris que nous prenions chaque après-midi. J'avais suggéré, entre autres, l'idée que, par quelque magie, Bulle avait réussi à mettre une poudre spéciale dans sa pâtisserie de façon à ce que le bébé ait un jumeau à qui le macaron mystère était destiné. Naïs pariait plus volontiers sur une licorne qui grandissait dans mon ventre pour veiller sur le bébé. L'idée de Garance était encore celle que je préférais. Elle avait imaginé qu'un ange s'était invité et veillait sur le bébé et moi. Elle avait précisé que voyant la mère désastreuse que je m'apprêtais à devenir, cet ange avait détraqué mon ventre de façon à m'obliger à rester à la maison pour me poser de vraies questions pendant qu'il en était encore temps. J'adore la vacherie des enfants ! Surtout quand elle est à ce point pétrie de tendresse. Et de sagesse ! Quoi qu'il en soit, j'adhérais à l'idée de cet ange qui veillait sur moi et sur mon enfant. Notre ange gardien partagé. Notre autre. Nôtre. Juliette ne jouait pas. Si l'on demandait son avis, elle souriait gentiment, s'excusait d'un mot, ou d'un geste le plus souvent, et puis s'éclipsait. Discrètement.

Ce soir-là comme les autres soirs.

À la cuisine. Où je la suivis après un moment. Comme les autres soirs. Naïs était occupée à de délicats découpages et collages. Bulle aidait Garance avec une leçon d'histoire. Je me levai et décidai d'aller voir ce que faisait Juliette. Il n'était pas tard et la lumière était particulièrement belle. Le soleil n'allait pas tarder à se coucher et le ciel était embrasé de tons chauds.

Elle se tenait debout devant le carton encore posé sur la table. Et elle lisait mon histoire. Je ne fis aucun bruit. J'attendis qu'elle ait fini. Je ne voyais pas son visage car elle me tournait le dos, mais je sus qu'elle avait terminé lorsqu'elle reposa les feuillets devant elle.

– Alors ? demandai-je après m'être éclairci la voix. Qu'en penses-tu ? C'est une histoire que j'ai écrite quand j'étais enfant. Je l'ai retrouvée aujourd'hui.

C'est peut-être difficile à imaginer, mais je tremblai. Je désirais tellement qu'elle l'ait aimé. Violemment presque.

Elle se tourna vers moi et elle ne se ressemblait pas. Elle avait pleuré et ses larmes avaient comme éclairci son petit visage souvent si fermé. Comme la pluie peut nettoyer un ciel d'été. Le rendre plus radieux. Plus pur. Elle se jeta sur moi et m'enlaça de ses petits bras. Je la reçus comme si un camion m'avait foncé dessus. Métaphoriquement parlant. Elle n'était pas bien lourde. Ne pesait pas plus qu'une brindille. Mais son corps était tout entier pressé contre le mien et je sentis une chaleur m'envahir qui ne ressemblait en rien à quoi que ce soit que j'avais jamais pu ressentir. Et c'était si fort et si puissant que je me demande encore aujourd'hui comment j'ai pu ne pas voltiger dans les airs et m'écraser à terre sous la force d'un tel impact.

Je tins bon cependant et nous restâmes ainsi enlacées un long moment avant que je ne devine plutôt que je n'entende qu'elle était en train de dire quelque chose. Je tentai de m'éloigner un peu d'elle pour rapprocher mon oreille de sa bouche, mais peine perdue, elle était bien accrochée à moi. Je souris et attendis en caressant doucement ses cheveux. La patience était une toute nouvelle qualité que j'avais mise en apprentissage récemment et je comptais bien obtenir d'excellents résultats avant longtemps. J'étais reconnaissante pour cet entraînement que Juliette, du haut de ses six ans, m'offrait gratuitement.

Finalement, alors que le soleil avait fini par se coucher et plonger la cuisine dans une pénombre agréable, elle se détacha de moi et me regarda droit dans les yeux, mais sans rien dire.

– Veux-tu boire quelque chose ?

Elle fit oui de la tête et alla sagement s'asseoir à la table de la cuisine. J'allumai une petite lampe à la lumière douce, lui versai un peu d'eau et vins m'installer à ses côtés.

Elle but son verre en prenant son temps et puis le posa et me dit :

– Tu as écrit d'autres histoires ? Si tu as écrit d'autres histoires, je veux bien les lire !

– Oh, ma chérie ! Tu n'imagines pas comme je suis heureuse de ce que tu dis, mais non, je n'en ai pas écrit d'autres.

– Pourquoi ?

Pourquoi ? C'était effectivement une excellente question.

– Parce que j'étais petite et ma maman m'a dit qu'écrire n'était pas nécessairement une bonne idée. Qu'il y avait d'autres choses de mieux à faire.

– Et tu l'as crue ?

– Oui, je l'ai crue !

– Tu n'aurais peut-être pas dû !

Et voilà que cette petite fille me donnait une sacrée leçon. Non, je n'aurais pas dû, mais je ne l'avais pas su avant longtemps !

– Et maintenant ?

– Quoi maintenant, chérie ?

– Tu peux écrire d'autres histoires !

– Oui, bien sûr, c'est juste que…

– Juste que quoi ?

Juste que quoi, oui ? Je ne voyais pas ! Vraiment pas ! Qu'est-ce qui m'empêchait d'écrire d'autres histoires ? J'avais peur de ne pas savoir ? Mais la petite puce de dix ans que j'avais été ne s'était pas posé la question de savoir ce qu'elle faisait et ce qu'elle avait fait avait largement prouvé qu'elle avait bien fait.

– Tu sais quoi, tu as raison ! Je vais écrire une histoire !

Son visage s'illumina de l'intérieur. Comme si l'on avait éclairé une petite lampe au-dedans de ses yeux. Exactement le même effet que quand Naïs souriait et barbouillait du soleil partout. Elle était magnifique ! J'avais envie de le lui dire, mais je me retins. Ce que nous venions d'apprendre à partager était trop neuf pour que je prenne le risque de l'effaroucher.

– Une histoire de quoi ?

– Je ne sais pas encore.

Je ris et elle m'imita. À cet instant précis où nous avons ri ensemble, Bulle est entrée dans la cuisine.

– Alors les filles ! Je vois qu'on s'amuse comme des petites folles par ici !

– Oh, maman ! Tata Claire a écrit une histoire quand elle était petite et même que maintenant elle va en écrire une autre, rien que pour moi !

Elle me regarda en fronçant à nouveau ses petits sourcils, rendant instantanément à son visage son air sérieux habituel. Je hochai la tête afin de confirmer ses dires, ce qui lui rendit immédiatement le sourire et en déposa un autre, comme par magie, sur les lèvres de sa mère, mon amie.

– C'est merveilleux ma chérie ! Une histoire ! Rien que pour toi !

– Oui, maman ! Je suis contente, tu sais !

– Moi aussi, mon amour ! Je suis contente pour toi ! Et pour tata Claire !

– J'aime bien que vous m'appeliez comme ça, les filles !

– D'accord ! répondit simplement Juliette et je sus que c'était gagné, à condition bien sûr que l'histoire produite soit à la hauteur !

– Tu as envie d'une histoire en particulier ? Un thème ? Une idée ?

– Non, c'est toi qui écris, c'est toi qui choisis !

– Ça me semble juste, merci Juliette !

– Pas de quoi ! Et c'est quoi ça ?

– Ce sont des lettres que m'avait écrites mon amie Marie. C'était ma meilleure amie à l'école !

– Et elle est où aujourd'hui ?

– Je ne sais pas ma chérie !

– Tu l'aimes plus ?

– Non, ce n'est pas ça ! C'est... c'est compliqué !

– Maman aussi, quand elle veut pas expliquer, elle dit que c'est compliqué !

– Oui, c'est un truc d'adultes, c'est vrai ! Disons que ma maman n'aimait pas non plus Marie !

– Comme l'histoire ?

– Oui, exactement comme ça !

– Elle aimait quoi ta maman ?

– Seulement que je travaille beaucoup !

Et là, elle ne répondit rien, mais sauta au bas de sa chaise, vint à nouveau me câliner et c'était la meilleure réponse qui soit !

Je souris à Bulle qui s'éclipsa et la soirée passa comme un rêve.

Elles repartirent. Je dînai et appelai Valentin. Nous avions pris l'habitude de nous parler longuement chaque soir. Nous nous redécouvrions. Nous nous découvrions plutôt comme si c'était la première fois. Et c'était une drôle d'expérience. Je sais que les gens pensent que les relations longue distance sont compliquées, mais pas dans notre cas.

Nous tombions amoureux à l'envers ou plutôt *je* tombais à l'envers. Longtemps après l'avoir rencontré, longtemps après avoir commencé à vivre avec lui et après qu'il m'avait fait un enfant et après qu'il était parti vivre au loin.

Je repensai à ce que j'avais dit à Juliette pour ne pas lui dire la vérité. Compliqué ! On avait si vite fait de mettre dans ce mot tout ce qui nous semblait incompréhensible, tout ce qui nous paraissait inaccessible. Et ce n'était qu'un voile que nous déposions pudiquement sur nos insuffisances, nos peurs, nos manques ! C'est compliqué ! Et parfois, on levait le voile et on réalisait que non, ça n'était pas compliqué. C'était. Seulement. Et nous étions capables d'être aussi. Pas si compliqués finalement !

J'étais fatiguée et me mis au lit de bonne heure. Sans avoir envie de lire, ce qui était très nouveau. J'avais redécouvert les auteurs de ma jeunesse et les dévorais avec un bonheur d'adolescente. Plein et entier. Après Gabriel, j'avais passé un moment avec Fiodor et ses *Frères Karamazov*. Puis Franz et son *Procès*. J'étais avec Milan. J'allais bientôt terminer *L'Insoutenable Légèreté de l'être* qui me laissait tremblante et j'avais déjà préparé Paul Auster et son *4321* que je n'avais encore jamais lu. Ce serait mon premier livre nouveau après ma boulimie classique. Inutile de dire que je plaçai beaucoup d'espoirs en lui !

Mais pas ce soir-là. Ce soir-là, j'avais un projet et je ne voulais pas le laisser m'échapper. Je savais déjà quelle histoire je voulais écrire. Je voulais écrire l'histoire d'un ange.

Mais je n'en savais pas plus. Je savais seulement que ce serait un ange. Un ange qui veillerait sur un enfant. Sur une enfant. Je dessinai l'histoire en m'endormant. Si bien que je ne savais plus bien si c'était mon rêve ou ma réalité qui parlait. Un ange. Une enfant. Et cette enfant serait comme moi, avant. Et l'ange viendrait. L'ange lui apprendrait. Que l'amitié a plus de valeur que tout. Que les mots ont plus de valeur que tout.

Et l'enfant s'appellerait Claire et elle saurait l'expliquer à sa maman ou l'ange saurait, mais il faudrait bien que quelque chose se passe et que la maman de Claire comprenne.

Et l'ange serait aussi une fée, elle serait légère et magicienne et l'ange n'aurait pas d'ailes, ce serait un ange triste, mais Claire saurait bien le rendre heureux !

Mon amour,

Figure-toi que je compte écrire une histoire.

Pas seulement mes lettres pour toi ou pour ton papa.

Pas seulement un journal pour moi, me souvenir de ces moments juste avant toi où je grandis tant et tant.

Pas seulement les poèmes qui me viennent d'on ne sait où et qui poussent dans ma tête comme autant d'herbes folles et que je collectionne dans un petit carnet.

Mais une histoire, comme quand j'étais petite et que les histoires que j'inventais allaient partout où j'allais.

D'aussi loin que je me souvienne, j'inventais des histoires. Au début, cela venait des histoires que l'on me racontait. Je les prolongeais. Je leur trouvais d'autres fins. Je leur ajoutais des personnages. Ou je choisissais un personnage et je le suivais dans d'autres aventures. Et puis plus tard, j'avais commencé à inventer des histoires à moi. Qui venaient de moi. Je créais des personnages. Des situations…

Je me souviens de jours où j'allais avec mes parents dans la famille ou chez leurs amis. Mon frère refusait toujours de venir et ça faisait des histoires à n'en plus finir, mais mes parents finissaient par céder. Ils lui cédaient toujours tout ou c'est du moins l'impression que j'en avais et c'était ensuite à moi de payer les pots cassés. À moi que l'on ne cédait plus rien, comme si c'était en quantité limitée. Et l'on me traînait partout et j'acceptais tout, mais je sentais bien que je n'étais à ma place nulle part. Que l'on me traînait là par principe. Pour prouver quelque chose peut-être.

Sans doute. À soi. Ou à mon frère. Ça n'avait pas grand-chose à voir avec moi et j'en étais parfaitement consciente, mais le mal était fait encore et encore. C'est étrange d'écrire ça à mon enfant pas encore né, mais la morale de l'histoire, car il y en a une, existe et ce qu'elle nous dit c'est que jamais je ne t'obligerai à réparer quelque chose que j'aurai cassé. Et ce qu'elle nous dit aussi c'est que malgré tout, si je le faisais sans m'en rendre compte (parce que je suis certaine que tes grands-parents ne m'ont jamais voulu de mal, jamais !), fais-toi confiance pour arriver à transformer la situation. Regarde-moi. Je suis cette petite fille, tu me vois ? J'ai cinq ans, six ans peut-être, comme Juliette, notre petite voisine, tu sais ? Je suis toute mignonne. Sage comme une image. Je suis telle que mes parents, que ma maman surtout m'a voulue. Je ne parle pas, je ne dérange pas. Je mange de tout. Mais pas trop. Je ne donne pas mon avis. Je réponds toutefois aux questions que l'on m'adresse, mais pas trop longuement pour ne pas lasser ceux qui ont la bonté de m'interroger. Je me tiens droite. Je ne mange jamais avec mes doigts. Je ne renifle pas. Je ne rechigne pas. Je suis à la fois invisible et un véritable plaisir pour les yeux, dans mes jolies robes plissées, avec mes socquettes blanches et mes chaussures impeccablement cirées. Je me tiens bien à table et tandis que les adultes parlent de choses d'adultes, que les repas durent des heures interminables et que je n'ai pas le droit de sortir de table tant que tout n'a pas été terminé, avalé, digéré parce que je ne suis pas comme ces enfants pathétiques fruits de la mal-éducation, tandis que je suis censée n'être qu'un bibelot, un bel objet à exhiber, alors je m'évade. Discrètement certes. Mais tout de même. Je m'évade. Je me libère. Le corps est limité, mais l'esprit, lui, est illimité, et c'est ce que je découvre du haut de mes quelques années à peine et cette découverte m'est comme un éblouissement. Cette découverte m'est comme un voyage en plein dans les étoiles avec le monde à mes pieds, si petit, si joli, un monde qui serait comme un jouet. Je suis là-haut et le temps n'a plus tant d'importance et l'immobilité qu'on m'impose n'a plus tant d'importance parce que j'ai inventé une fusée qui n'est visible que de moi et que je suis la seule à savoir piloter. Et elle m'emmène où je veux, elle m'entraîne où j'ai besoin, je n'ai pas à fermer les yeux, je peux être là sans y être et être seule à le savoir. C'est un grand, un immense pouvoir et je l'exerce chaque fois que nécessaire et je pars loin, et je me fais exploratrice ou princesse et je m'invente un monde où l'on voyage à travers les horloges et je visite des châteaux hantés et je résous des mystères et je suis une guerrière et je suis un lion et je suis une danseuse, je suis qui je veux être et nul ne peut me contraindre car nul ne me devine. Ce jeu m'a sauvée. A sauvé mon enfance. A sauvé mes dimanches. Mais comme je t'écris aujourd'hui, je me demande à quel point ce jeu ne m'a pas abîmée aussi. Parce qu'en trouvant en moi les ressources nécessaires pour supporter ce qui m'arrivait, ce que l'on me faisait subir, j'ai trouvé aussi le moyen d'accepter et c'était comme valider ce que l'on me faisait, le justifier presque. Quoi qu'il en soit, j'inventais des histoires. Sans arrêt. C'était ma façon de respirer. Et j'ai écrit ma première histoire quand j'avais dix ans. C'était la première fois que ce qui se déroulait dans ma tête passait la barrière de mon esprit. La première fois que je rendais ma fusée visible. Que je la montrais, que j'osais. C'était un moment important pour moi et aujourd'hui encore, je me souviens du jour où je l'ai terminée et voulu la montrer à ma maman. C'était un matin. Un week-end peut-être ou pendant les vacances, je ne sais plus, mais je sais que c'était un matin parce que maman était assise dans notre canapé bleu en cuir et elle épluchait des légumes et elle était encore en robe de chambre et ses cheveux blonds comme les blés faisaient une couronne de lumière autour de sa tête penchée. Je m'étais approchée timidement et elle m'avait demandé ce que je voulais et je ne sais plus ce que j'ai dit ou comment j'ai présenté les choses, mais je me souviens d'une chose très précisément. Je me souviens de mon cœur qui battait. C'était le battement de cœur le plus puissant de l'histoire des battements de cœur ou c'est du moins ainsi que je le perçus du haut de mes dix ans. Et je me souviens avoir vu ma maman prendre les feuillets et froncer les sourcils. Je lui ai tendu ses lunettes de vue comme si ce froncement n'avait traduit que cela : sa volonté de me lire limitée par sa vue déclinante. Mais ce n'était pas ça ! Pas que ça en tout cas. Elle a lu mon histoire et je l'ai regardée. Je ne me souviens pas combien de temps il lui a fallu. Je ne faisais que l'observer, essayer de deviner ce qu'elle pensait. Essayer de détecter un signe, quelque chose, mais son visage était encore plus difficile à lire que les livres difficiles que j'aimais emprunter à la bibliothèque. Son visage était comme ces émissions scientifiques que j'essayais de regarder à la télévision parce que ça lui faisait plaisir de me voir faire des efforts. Elle aimait tellement ça qu'elle en parlait à tout le monde autour d'elle, elle disait à quel point j'étais intelligente et sage et parfaite et je voyais bien que c'était important pour elle, que ces compliments qu'on m'adressait lui étaient comme adressés à elle et lui offraient quelque chose qui lui manquait. Terriblement. Elle a posé les feuillets. Ôté ses lunettes. Repris l'épluche-légumes. Recommencé à travailler comme si de rien n'était. J'avais attendu un moment. Et puis elle m'avait renvoyée dans ma chambre en me demandant si je n'avais pas mieux à faire.

Je n'ai pas cessé d'inventer des histoires. Pas tout de suite. Mais j'ai cessé de les écrire. J'ai cessé d'essayer de partager cet aspect de moi qui ne cadrait pas avec sa petite fille rêvée. Jusqu'à aujourd'hui. Parce que je ne suis plus une petite fille. Parce que je ne suis surtout plus sa petite fille rêvée. Et c'est là ce que je voulais te dire et pardonne-moi cette lettre longue et confuse, mais que je te donnerai tout de même parce qu'elle est importante.

Ce que je voulais te dire, c'est que je ne veux pas te rêver.

Je veux te découvrir. Je veux te voir venir. Je ne veux pas te demander d'être une meilleure version de moi-même à exhiber dans les déjeuners. Je ne veux que te demander d'être la meilleure version de toi-même possible.

Et je sais aujourd'hui que ça passe par le fait de cesser d'être une meilleure version de ma mère pour devenir moi aussi, comme toi et non pour toi (la distinction est de taille et je sais que tu sauras ne pas m'en vouloir de la faire), la meilleure version de moi-même possible.

C'est important. C'est dit. Et ça passe par le fait de recommencer à écrire des histoires. Ça passe par le fait de réparer ma fusée. Ça passe par le fait de réinventer ma liberté.

Ta maman, pour toujours et à jamais…

Je reposai le stylo, satisfaite. Je me rendais compte que mes lettres étaient étranges. Qu'elles ne ressemblaient pas à des lettres adressées à un bébé. Mais je m'en moquais. Je ne souhaitais pas être ordinaire de toute façon. Je ne l'avais jamais souhaité. J'étais comme une exploratrice, une scientifique lancée sur mes traces et je me donnais pour mission de me découvrir, de m'examiner, de m'observer, de m'expérimenter sous toutes mes formes possibles pour essayer de déterminer ce qui, dans mes comportements, serait à garder et ce qui pourrait être invalidé. Supprimé. Voire remplacé. Je cherchais non pas à éradiquer systématiquement ce qui venait de mon éducation, mais je cherchais à le repérer puis à l'évaluer pour savoir si je souhaitais me garder ainsi ou m'updater. Et c'était perturbant sur le principe, mais c'était aussi assez amusant. C'était comme une chance de me réinventer et mon imagination, qui avait fini par rouiller à force d'être mise en sommeil, commençait à prendre plaisir de la place que je lui accordais à nouveau et je la sentais en moi fourmiller et grandir, grossir, remuer ses membres, reprendre contact avec ma réalité, peu à peu s'étirer, bâiller, se réveiller, se révéler et ouvrir les yeux, me sourire et me rassurer sur le fait qu'elle était encore là, qu'elle ne m'en voulait pas, qu'elle serait toujours là pour moi et…

– *Qu'est-ce que je peux faire pour toi, Claire ?*

– *Tu m'écrirais une histoire ?*

– *Une histoire ?*

– *Oui, une histoire, comme quand on était petites, toi et moi, et que tu m'accompagnais partout, que tu m'inventais des histoires, que tu m'inventais des amis, que tu m'inventais des mondes, quand tu me donnais de la force, du courage, de la liberté et de l'amour à revendre, tu te souviens ? Écris-moi une histoire ! S'il te plaît !*

Et mon imagination me souriait d'un air coquin, d'un air complice, et mon imagination disait :

– *Ce serait l'histoire d'un ange, donc ?*

– *Oui, s'il te plaît !*

– *Un ange qui s'appellerait Plume, d'accord ?*

– *Oh oui, Plume !*

– *Ce serait un ange très spécial, un ange comme on n'en aurait encore jamais vu et tu sais comme sont les gens quand ils sont face à ce qui leur est inconnu ?*

– *Méfiants ?*

– *Oui, je le crains, mais ne t'inquiète pas ! Il y a aussi des gens qui croient aux anges et les protègent, mêmes s'ils sont différents ! Bon, c'est bon, je la tiens ton histoire, tu as de quoi écrire ?*

– *Oui !*

Et mon cœur battait comme j'attrapai l'ordinateur toujours placé près de moi, comme je l'allumai, comme je patientai tandis qu'il se préparait (Et oui, je sais ce que j'ai dit sur ma gratitude quant à ce qui me rend plus patiente, mais je ne parlais que de Juliette. Avec l'ordinateur, c'est très différent !). Mon cœur battait comme je lançai mon traitement de texte et comme une page blanche s'affichait. Mon cœur battait comme je pris une grande inspiration et plaçai mes doigts sur le clavier et commençai à taper.

Je pleurais en écrivant. Encore ! Je pleurais de joie, de gratitude, je pleurais de reconnaissance envers mon bébé et envers Valentin, Bulle et ses trois merveilleuses petites filles. Je pleurais de tristesse un peu aussi. Mais j'avais une histoire à écrire si bien que je souris entre mes larmes et laissai courir mes doigts sur le clavier. Je travaillai deux bonnes heures puis, quand je commençai à avoir mal aux yeux et à la tête, j'enregistrai mon document et fermai l'ordinateur sans oser me relire.

Car c'était une chose que j'avais apprise lorsque j'étais encore étudiante : les écrits sont comme de la pâte à crêpes ! Il faut les laisser reposer !

5 avril, 27e semaine

Pour ne pas prendre trop de poids, maman doit pratiquer une activité physique régulière, manger équilibré et boire beaucoup d'eau.

Bébé demande beaucoup d'énergie !

Il y avait huit semaines que Valentin était parti en République tchèque et je l'attendais pour le week-end. J'étais nerveuse, j'en avais parlé à ma sophrologue lors de sa visite du vendredi. Il devait rentrer le soir même et rester jusqu'au mardi matin suivant. Nous aurions ainsi trois jours entiers à partager et quatre nuits. J'avais peur de perdre ce que nous avions gagné. Peur de sa proximité. J'étais timide soudain. Comme lorsque l'on s'apprête à rencontrer quelqu'un avec qui l'on correspond depuis des semaines sans le connaître. Les lettres autorisent une intimité si complète, si parfaite, la distance permet un tel rapprochement que la réalité ne peut en aucun cas rivaliser. J'avais peur d'avoir fait très exactement ce que j'avais promis de ne pas faire à mon bébé. J'avais promis de ne pas le rêver. J'avais promis de le laisser être qui il était. Mais pour Valentin ? Pouvais-je lui faire une telle promesse ? Pouvais-je le laisser être qui il était ? Et si cela ne me suffisait pas ? D'accord ! Je n'avais pas peur, j'étais terrorisée ! Et c'est pourquoi j'en parlais ce matin-là à la sage-femme qui adapta sa séance et me fit travailler sur le lâcher-prise. Ce n'était pas une mauvaise idée et je me sentis plus sereine quand elle repartit. Je passais tout de même tout l'après-midi tendue. Sursautant à chaque bruit, me demandant si ce n'était pas déjà lui. Bulle se moqua beaucoup de moi, je dois dire ! Et de lui ! Elle l'avait eu au téléphone la veille. Il l'avait appelée. Lui aussi était dans un état effroyable. Persuadé que nous étions en danger de mort ou presque.

– Vous êtes franchement adorables ! Jamais vu un truc pareil !

– Tu manques cruellement d'empathie pour un ange !

– Oh, mais je ne suis certainement pas un ange, ma chérie !

– Si ! J'ai décidé !

– Bon ben si tu as décidé, effectivement, qui suis-je pour oser te contredire ?

– Exactement !

– Il n'en demeure pas moins, chère Claire, que je me connais mieux que tu ne me connais et je me permets donc de te dire que c'est faux !

– C'est moi qui écris, pas toi ! Et j'écris mon histoire d'ange et tu es mon modèle.

Elle me sourit comme on sourit à un enfant. Objectivement, je comprends pourquoi ! Je me comportais comme une gamine. J'allais rencontrer ce soir l'homme que j'aimais et avec qui j'avais vécu seize ans sans le savoir.

– Je suis tombée amoureuse de lui quand il était loin. Et si le fait de le revoir…

– Ça ne se commande pas ! Tu verras bien ! Mais ne force pas les choses ! Laisse faire, laisse aller…

– Lâche prise ?

– Oui, c'est ça !

– Je sais, on a travaillé ça ce matin en séance, mais…

Elle était allée à la cuisine nous chercher un café qu'elle ramena avec mes trois macarons et cela me sauta aux yeux.

– Oh, mais je sais ! Ça y est, je sais !

– Quoi ?

– Le macaron mystère ! Je sais pour qui il est !

Elle me sourit et me tendit l'assiette. Je mis le premier dans ma bouche.

– Un pour moi !

Je n'en fis qu'une bouchée et attrapai le deuxième dans la foulée.

– Le gueugième pour bébé.

Elle éclata de rire. Et sans me laisser démonter, j'attrapai le troisième et l'enfournai.

– Et le croigième pour mon autre bébé.

Je la regardai triomphalement. Elle haussa un sourcil.

– On est revenues à la théorie des jumeaux ?

– Non ! Mon autre bébé ! L'histoire que j'écris ! Et comme tu es un ange, tu as tout de suite su que j'allais écrire et écrire était une autre façon de donner la vie : ce macaron symbolise ça ! Ce macaron est pour Plume !

– Qui est Plume ?

– C'est l'ange de l'histoire que j'écris pour Juliette. Ça prend forme ! Mais tu ne la liras que quand je serai prête et tu me diras si je peux la donner à Juliette. Je suis si heureuse de pouvoir lui faire ce cadeau, rien ne me tient plus à cœur, tu sais ! Je grandis, Bulle ! Je grandis chaque jour, je le sens. Bientôt je ne tiendrai plus dans mon lit qui ne fait que deux mètres dix de long, je ne tiendrai plus dans la maison, ma tête dépassera, je serai dans le ciel et je vous regarderai de là-haut et je continuerai de vous écrire des histoires, je vous les enverrai pour qu'elles tombent sur vous comme de gros flocons d'amour !

– Tu as bu ?

– Oui, j'ai bu ton excellent café, patate ! Et ne crois pas que j'ai manqué de noter que tu n'as pas confirmé, mais que tu n'as pas infirmé non plus ma nouvelle théorie quant au macaron mystère ! Alors ? C'est ça, n'est-ce pas ? C'est le macaron de Plume et chaque fois que je le mange, je peux mieux lui donner vie ?

Elle me regardait étrangement.

– Qu'est-ce qu'il y a ?

– Quand j'ai commencé à m'occuper de toi, je ne l'ai fait que pour Valentin. Et par principe, aussi ! Je me disais que certes tu étais une chieuse prétentieuse, mais que ce n'était probablement pas ta faute et je me disais qu'à force de prendre soin de toi, tu deviendrais peut-être acceptable !

– Wow ! On sait manier le compliment !

– J'y viens !

– Chouette !

Dit d'une toute petite voix plaintive, mais qui ne la fit même pas rire. OK. Nous étions en mode sérieux. Je me tendis. Chieuse. Prétentieuse. C'est comme ça qu'elle me voyait et malgré tout, elle avait pris soin de moi à chaque instant. Dans l'espoir que je sois plus que ce que je donnais à voir. Et elle prétendait ne pas être un ange !

Une toute petite part de moi était blessée, mais j'aimais assez Bulle pour ne pas lui en vouloir de sa franchise et lui être reconnaissante de la confiance qu'elle démontrait en osant être aussi franche avec moi.

– Et maintenant, voilà que c'est toi qui prends soin de moi ! Et de mes filles !

– Je ne prends soin de rien du tout ! Je ne bouge pas mes fesses sauf pour aller du lit au canapé et du canapé au bow-window et du bow-window au lit avec des pauses-pipi à intervalles réguliers. C'est toi qui fais à manger. C'est toi qui ranges. C'est toi qui me tiens compagnie, qui me rassures, qui m'écoutes, c'est toi qui accompagnes mes rêves, mes envies, mes peurs, c'est toi qui partages avec moi tes trois trésors plus précieux que tout l'or du monde, c'est toi qui...

– Luc me quitte...

Dit dans un soupir, mais rapide. Vite, vite, sortir les mots terribles avant qu'ils ne nous étouffent.

– Quoi ?

– Il va partir. Il cherche un appart. Je n'ai pas eu le courage de le dire aux filles encore, mais elles savent qu'il se passe quelque chose, elles le sentent. Les enfants sont des éponges à émotions et Juliette est l'éponge la plus efficace de toutes !

– Merde !

Je n'étais tout à coup plus très loquace, plus très poète, plus très rien. Je ne savais pas quoi dire. Son monde s'effondrait. S'effritait et j'avais regardé tomber les morceaux, sous mes yeux, sans les reconnaître. Je ne les avais pas saisis, pas compris.

– Alors tout ce temps que nous passons chez toi, ça nous sauve, tu comprends ! Te voir tomber en amour, ça me sauve. Te voir te préparer à donner la vie à un enfant avec tant de soin, ça me sauve ! Tu me sauves, Claire !

Elle s'effondra en larmes et je me précipitai vers elle et je la serrai de toutes mes forces. Quitte à m'écraser le ventre contre elle, mais c'était mieux. C'était faire en sorte que mon enfant la sente tout contre lui. Elle. Notre ange gardien. Sa deuxième maman.

Qu'il la sente contre lui et enregistre à jamais son odeur, sa vibration. La mélodie de ses bracelets. Qu'il la reconnaisse !

– Qu'est-ce que je vais faire, Claire ? Je n'ai pas de boulot ! Pas d'expérience ! On s'est rencontrés jeunes et j'ai eu Garance et j'ai tout de suite voulu être toute à elle et puis Juliette et puis Naïs, je ne me plains pas, je suis heureuse… J'étais heureuse ! Mais s'il vend la maison… Si je dois me débrouiller seule avec les filles. Il ne nous laissera pas sans argent, mais…

– Je t'aime, Bulle. Je suis là. Et je ne te laisserai pas, jamais, je te le promets ! Vous pouvez venir ici le temps que les choses se tassent. Ou même tout le temps, je t'adopte !

Elle me sourit entre ses larmes.

– Tu dois construire ta propre famille, ma belle !

– Mais tu es ma famille !

Ses sanglots redoublèrent.

– Le bébé viendra dormir avec Val et moi. Garance et Juliette prendront sa chambre et Naïs et toi aurez la chambre d'amis. Tu vois ! C'est facile ! Et tu as ta pâtisserie !

Elle avait monté une pâtisserie en ligne il y avait quelques années. Elle faisait tous les gâteaux d'anniversaire du quartier. Elle était douée. Demandée. C'est elle-même qui limitait sa clientèle pour préserver le temps qu'elle voulait consacrer à sa famille. Elle me l'avait dit, expliqué en long, en large et en travers quand le manager en moi avait essayé de savoir pourquoi elle ne développait pas son affaire, quand la pro du marketing en moi avait voulu savoir pourquoi elle ne réalisait pas un site internet digne de ce nom (le sien semblait dater d'une ère préhistorique). Et pourquoi elle ne prenait pas un petit local ? Et pourquoi elle ne prenait pas quelqu'un à ses côtés ? Et pourquoi, pourquoi, pourquoi… ?

– Ça ne me fait pas vivre !

– Non, mais tu sais très bien que ça pourrait. Que tu pourrais ! Largement ! Merde, Bulle, tu ne sais pas que tes gâteaux sont les meilleurs au monde ?

Elle renifla, essuya quelques larmes. Elle m'écoutait. Je ne devais pas me louper sur ce coup-là et je ne comptais pas mc louper. Jc nc pouvais pas me louper en fait parce que j'avais soudain une idée et je sus instantanément que ce n'était pas seulement une idée, mais que c'était la meilleure idée que j'avais jamais eue. Je lui souris et je lui expliquai.

Elle m'écouta longuement. Intensément. Et me répondit finalement :

– Tu es dingue !

– Oui. Et ? C'est devenu un problème ? Non, parce que j'aimerais bien le savoir si tel est le cas ! Je veux dire, si je suis trop sage, je suis chieuse et prétentieuse et si je suis moins sage, je me fais traiter de dingue ! Faudrait savoir, hein !

– Tu m'en veux ?

– Pour quoi ?

– Pour le « chieuse et prétentieuse » ?

– Non ! Je m'en serais voulu à moi en temps normal ! Mais je ne veux pas perdre de temps à m'en vouloir. Je vaux mieux que ça ! Je veux mieux que ça ! Je veux aller de l'avant et ce que je te propose est un vrai projet. T'en penses quoi ?

Elle n'en pensait que du bien ! Elle m'avoua même qu'il y avait un moment qu'elle y pensait, mais sans oser dépasser ce stade. La vérité est qu'elle avait le sentiment de se cacher un peu derrière ce temps qu'elle voulait consacrer à sa famille. Les filles avaient grandi. Elles allaient toutes les trois à l'école, les journées étaient longues et elle avait accueilli la nouvelle de l'attention qu'elle allait devoir me porter comme un soulagement parce qu'elle voulait faire quelque chose, elle voulait se sentir utile, elle voulait contribuer. Et la vérité, c'est qu'elle voulait être un modèle pour ses filles, mais elle ne s'en sentait ni le courage ni l'envergure. La vérité c'est qu'elle voulait que ses filles aient de l'ambition et qu'elles n'hésitent jamais à se rêver telles qu'elles le désiraient. Elle voulait qu'elles sachent que rien n'était impossible, qu'aucune porte ne leur serait jamais fermée. Et elle voulait leur montrer le chemin, mais elle ne savait tout simplement pas comment. Jusqu'à moi. Jusqu'à cette idée folle et pour la première fois, elle se sentait capable d'essayer. D'ouvrir ses ailes. Et de s'envoler. Parce que je serais là et que je volerais à ses côtés. Nous passâmes un bon moment à en parler. Elle alla même chercher un autre petit cahier dans mon placard et c'est elle cette fois qui se mit à quatre pattes pour le récupérer. Nous avions l'idée générale. Ne restait qu'à peaufiner. Et nous avions du temps pour ça. Du temps ensemble.

– Tu ne veux pas savoir ? me demanda-t-elle toutefois alors que nous avions changé de sujet depuis un moment.

Mais peut-être pas après tout. Peut-être était-ce exactement le même sujet. Nous nous apprêtions à prendre une pause boisson chaude bien méritée.

– Savoir quoi ?

– Pourquoi il part ?

Je la regardai intensément. Ses yeux brillaient.

– Ce que je veux ou non n'a pas la moindre importance. Si tu as besoin d'en parler, je t'écouterai. Si tu as besoin de ne pas en parler, j'écouterai ton silence tout pareil !

– Il a appris quelque chose.

Je me tus, posai le stylo, refermai notre petit cahier et la regardai. Plus intensément encore si une telle chose était possible.

– Un secret. Que personne n'a jamais su. Seulement moi. Mais un secret terrible.

Je n'imaginais pas Bulle avoir un secret. Encore moins un secret terrible. Je voyais Bulle comme un rayon de soleil. Ouvert. Lumineux. Chaleureux. Toutes choses violemment incompatibles avec de terribles et sombres secrets.

Elle ne disait plus rien. Je ne voulais rien forcer. J'attendais seulement et j'étais sincère : si son silence était tout ce qu'elle se sentait prête à partager, j'étais prête à l'accepter. À m'en contenter. Mais je sentais toutefois que je devais l'aider. D'une manière ou d'une autre.

– OK, bébé. Puisqu'on en est là de notre relation, autant que tu saches que moi aussi, j'ai un terrible secret.

Elle me sourit. Elle ne me croyait pas.

– Quoi ? Tu crois que les chieuses prétentieuses n'ont pas de secrets ?

Toujours rien.

– C'est à propos de mon frère.

Je fermai les yeux, pris une profonde inspiration.

– Quoi que tu aies pu faire, ça n'est rien à côté de ce que moi j'ai fait, je te le garantis ! Quand il a eu seize ans, mon frère est parti de la maison. Il a fait des conneries. Vraiment. Des grosses. Il s'est drogué. Il a squatté par-ci par-là. Il était musicien, mais le genre de musicien qui ne joue que dans son canapé quand il est complètement défoncé. Mes parents lui ont coupé les vivres en espérant qu'il allait revenir à la maison la queue entre les jambes. C'est l'expression qu'ils ont employée. Je m'en souviens parfaitement, pourtant je n'avais que neuf ans, comme Garance. Je les entendais parler. Devant moi. Comme si je n'étais pas là. Et je comprenais tout, mais ils ne s'en rendaient pas compte. Ou ils s'en foutaient. Ou ils estimaient que ça me servirait de leçon. Que ça me ferait rentrer dans le rang et ça a marché. D'une certaine façon. Bref, on n'a plus entendu parler de lui pendant pas mal de temps et mes parents ont fait du sujet un véritable tabou. Son prénom n'était plus prononcé dans la maison. Le sujet était clos. Mort. Enterré. Et parfois, le soir, quand je n'arrivais pas à dormir, je me levais pour aller dans leur chambre, j'entendais mon père ronfler et ma mère pleurer des sanglots étouffés et je préférais encore m'en retourner que d'affronter ça. Ces larmes-là ! Et puis quelques années plus tard, on nous a appelés. J'avais dix-neuf ans. J'étais à la fac. J'étais toute seule à la maison cet après-midi-là. Mon père était à son cabinet et ma mère à son club de scrabble. C'était un mardi donc. Et c'était l'hôpital. Mon frère avait été admis en urgence pour une tentative de suicide. Il s'était ouvert les veines. J'avais dix-neuf ans et j'avais donc vécu plus de ma vie sans lui qu'avec lui. Il avait été longtemps une absence. Un frère en creux. Qui existait, mais ne pouvait se voir ou approcher. Un frère de légende. Un frère mythologique. Du mauvais côté de la mythologie, cela va sans dire. Un méchant. Un dieu des enfers. Et voilà que les enfers s'ouvraient sous mes pieds et me le recrachaient à la figure. J'ai attendu que ma mère rentre et je lui ai tendu le papier où j'avais noté le numéro de téléphone qu'on m'avait communiqué et le numéro de sa chambre à l'hôpital. Elle n'a pas compris. J'ai haussé les épaules, refusé d'expliquer et je suis sortie. J'ai marché longuement et je suis allée dormir chez une amie ce soir-là. Enfin, dormir... Très peu en réalité. Je suis restée allongée, j'ai fini par somnoler et c'est la première fois que j'ai fait un cauchemar qui est souvent revenu où je me vois, couchée, les poignets ouverts et des flots de sang s'échappant de moi.

– Ça vient de là, ta phobie du sang ?

Sa voix était étranglée. Je hochai la tête et poursuivis. J'avais commencé, je devais aller au bout de mon récit.

– Je ne savais pas ce que mes parents allaient faire, décider, mais je savais que je ne voulais pas être là quand ils en parleraient. Je ne voulais pas. Je ne pouvais pas. Quand je suis rentrée le lendemain, ma mère s'apprêtait à partir le voir. Je me souviens qu'elle voulait que je vienne avec elle, mais j'ai refusé et elle a demandé encore. Et puis supplié. Et puis elle m'a insultée. Menacée. Rien n'y a fait. J'ai refusé d'aller le voir et je lui ai seulement dit que si elle s'avisait de le ramener à la maison, je partirais pour de bon. C'était nul. Méchant. Égoïste au dernier degré, mais je souffrais tellement que je ne savais plus ce que je faisais. Je ne le dis pas comme une excuse. Je le dis comme une explication. J'ai refusé d'aller voir mon frère qui s'était ouvert les veines. J'ai refusé de le reconnaître et sa souffrance. Elle avait l'intention de le ramener de toute façon. *C'est mon fils. C'est ma maison.* Mais lui n'a rien voulu entendre. Et je ne sais pas trop comment mes parents ont vécu ça. Je me suis fermée, ce jour-là. À triple tour. À leurs explications. À leurs émotions. Et aux miennes aussi. Dans la foulée. Je ne voulais rien savoir de ce qu'ils traversaient. Je ne voulais rien savoir de ce que Marc traversait. Marc, mon frère. Le truc, c'est que je réalise aujourd'hui que plus jamais après ça je n'ai réussi à me rouvrir tout à fait. Avant maintenant. Avant toi. Et Valentin a bien tenté de m'atteindre, mais je ne l'ai jamais laissé. Et jamais je ne lui ai parlé de Marc. Et jamais je ne lui ai parlé de ce qu'il avait fait. J'allais même dire de ce qu'il *m'*avait fait ! Parce que la vérité c'est que j'ai eu le sentiment que mon frère m'avait abandonnée avec des parents trop abîmés pour pouvoir prendre soin de moi. Mais bref, là n'est pas le sujet. Le sujet, c'est que quel que soit ton secret, il ne peut pas être pire que le mien et si tu peux encore m'aimer, toute chieuse et prétentieuse et sans cœur que je suis, alors je peux encore t'aimer parce que justement le peu de cœur que j'ai, je te le dois. Tout entier !

Je repris mon souffle. Je me sentais étrangement calme et tranquille. J'avais ouvert pour elle le coin le plus reculé et sombre de mon âme et réalisé ce faisant que je n'avais plus l'intention de me juger.

Que ce que j'avais fait était fait. Et qu'il valait mieux mettre mon énergie dans la réparation que dans l'accablement.

– Juliette !

Sa voix me surprit presque. Je me retournai vers la porte d'entrée en pensant que la petite venait d'entrer même si c'était idiot. Même si nous étions au beau milieu de l'après-midi et qu'il n'y avait aucune raison au monde pour qu'une petite puce de six ans soit partie de l'école toute seule pour venir nous rejoindre dans mon salon. Et effectivement, il n'y avait personne. Je fronçai un sourcil et me retournai vers Bulle. Elle était pâle comme je ne l'avais jamais vue.

– Juliette n'est pas de Luc. Nous avons fait des examens sanguins pour une légère anémie et il a compris.

Un long silence.

– Je n'y pensais plus. Je n'ai jamais su exactement. C'était un coup de folie. Un coup d'un soir. On s'était disputés et il était parti quelques jours avec Garance chez ses parents et j'étais en colère et j'étais seule et j'étais désespérée. Je suis sortie avec des amies et j'ai trop bu et il y avait cet homme au bar, beau comme un dieu, et je ne me souviens même plus de son visage, mais ses gestes étaient doux et brefs...

Elle parlait à toute vitesse sans reprendre son souffle. Je l'écoutai sans reprendre le mien non plus. Elle poursuivit. Notre apnée n'était pas terminée.

– Luc et moi nous sommes vite réconciliés et je n'ai pas jugé bon de prendre le risque de tout gâcher. Et puis Jul est arrivée. Et il l'a aimée, comme sa fille, et j'ai toujours su qu'elle n'était peut-être pas sa fille, mais je n'ai pas voulu y penser. J'ai mis tout ça de côté. Je me suis efforcée de ne plus y penser.

Un nouveau silence. J'avais pris l'une de ses mains et la caressai doucement. Tendrement. J'essayai de mettre tout l'amour que je ressentais pour elle dans mes doigts. J'essayai de le lui donner par le toucher. J'essayai de toutes mes forces. Elle ne parlait plus.

– N'empêche, je gagne, dis-je seulement.

Manière de conclure le débat. Imaginaire, le débat. Mais tout de même.

– Comment ça ?

– Je gagne ! Ton secret raconte une histoire d'amour quand le mien est une histoire de haine ! Mon secret est bien plus terrible que le tien tout compte fait !

Elle me sourit, mais sans joie.

– Je dois le dire à Jul, tu crois ?

– Je ne sais pas chérie. Laisse du temps à Luc, vous en parlerez et vous déciderez. Ce choix-là vous appartient. À tous les deux.

– Oui, tu as raison. Et toi ?

– Quoi, moi ?

– Ton frère !

– Quoi, mon frère ?
– Tu n'as jamais pensé à…
– Non !

J'avais répondu trop vite bien sûr et elle n'était pas du genre à manquer de le remarquer. Même dans cet état. Elle le remarqua donc, mais sans doute décida-t-elle que ce n'était pas le moment. Et sans doute avait-elle raison. Il y avait déjà beaucoup à digérer et puis il y avait se préparer.

Pour le retour des filles. Pour Jul qui demanderait son histoire d'ange. Comment ne pas lui dire que c'était elle l'ange et que peu importe qui avait mis la petite graine dans la bonne terre ? L'important n'était pas le jardinier, mais la fleur. L'important c'était elle et seulement elle, petit être solaire, solitaire.

Se préparer pour Valentin aussi. Pour le père de mon enfant. Mon jardinier à moi !

Se préparer pour nous, notre nouveau projet, à Bulle et moi. *Notre* projet ! L'idée me fit sourire, je tendis la main pour reprendre le cahier et la regardai, une interrogation dans le regard. Résolument, elle fit oui de la tête et nous nous remîmes au travail. Vaillamment. Parce que nous avions décidé d'un commun accord parfaitement tacite que désormais nous ne serions plus seules, que désormais nous n'aurions plus peur, qu'elle serait mon courage un peu fou, que je serais son courage un peu doux et qu'ensemble nous allions continuer d'écrire une histoire et ce serait notre histoire !

6 avril

Le week-end avec Valentin se déroula comme dans un rêve. Mes peurs s'étaient évanouies. Je n'étais que projets. Je lui parlai de tout. De la sophro, que je lui devais. De ma grossesse qui se passait merveilleusement bien étant donné les circonstances. De ma situation que je ne vivais plus comme un enfermement, mais comme une chance. De Bulle et de notre projet. De l'histoire que j'écrivais. Il lut aussi mon histoire d'enfance, me prit dans ses bras et je me laissai dorloter et je recherchai ses caresses, sa présence. Je me lovai contre lui, avide de lui et je ne le laissai pas me quitter de tous les trois jours ni de toutes les quatre nuits qu'il passa à la maison. Je lui parlai de mon frère aussi. Pour la première fois. Je lui parlai de nous, enfin. De mes sentiments pour lui. Je ne voulais pas le blesser, mais je ne voulais rien lui cacher. Je voulais recommencer. Je voulais une véritable chance. Et nous parlâmes du bébé. Nous parlâmes prénoms, fîmes des listes. Du shopping en ligne. Toutes ces choses qu'il avait rêvées sans oser demander. Il s'avéra avoir de jolies idées et heureusement que j'avais décidé de ne pas me juger parce que sinon, j'aurais passé le week-end en procès. Contre moi-même. Et j'aurais été l'avocat chargé de l'accusation. Et je n'y aurais pas été avec le dos de la cuillère.

Je crois que nous avons plus parlé, que nous nous sommes plus dévoilés l'un à l'autre pendant ces quelques jours que pendant nos seize ans de vie commune passés, moi à l'éviter, lui à me traiter comme une porcelaine fine. Précieuse, mais fragile. Qu'un rien pourrait briser. Un joli bibelot en somme. Le joli bibelot que, sans le savoir vraiment, mes parents avaient fabriqué.

Je savais qu'il devait repartir et je ne voulais pas rendre son départ plus difficile, mais les hormones aidant, je me mis à pleurer comme une madeleine le lundi matin et ne cessai qu'en de rares et courtes occasions au cours des dernières vingt-quatre heures que nous devions passer ensemble.

Bulle était partie avec les filles pour le week-end chez ses parents en Dordogne. Elle ne voulait pas rester chez elle et ne voulait pas venir chez moi. Elle m'avait autorisée à parler de sa situation à Valentin et nous n'avions pas vraiment eu le temps d'aborder la question, mais je sentais qu'il le fallait avant qu'il ne reparte.

– Et bref, je lui ai proposé de venir chez nous si Luc vend la maison. Le temps qu'elle voudra !

– Bien sûr !

– C'est vrai ? Tu n'es pas fâché ?

– Fâché ? Pourquoi je serais fâché ?

– Parce que c'est chez nous, que nous allons déjà avoir le bébé à qui faire une place dans nos vies et voilà que j'invite quatre personnes à venir en plus. Ce n'est pas rien ! Tu serais en droit de ne pas être d'accord et je veux que tu saches que tu as toujours le droit de ne pas être d'accord ! Je ne veux plus que tu dises oui à tout pour essayer de me préserver. Je te veux courageux, Val !

Il m'a souri.

– Tu ne me trouves pas courageux ?

– Bien sûr que si ! Il fallait un sacré courage pour me supporter tout ce temps. Mais maintenant, je te veux un nouveau courage ! Le courage de t'affirmer. Pas seulement le courage de te sacrifier !

– Et où as-tu été pêcher que vivre avec toi était de l'ordre du sacrifice ? Le truc, c'est que je vivais avec le bouton de rose le plus prometteur de la planète et maintenant qu'il est ouvert, tu es obligée de reconnaître que ça valait la peine ! Alors disons que j'ai été patient, mais d'accord, je te promets d'être aussi plus affirmé. Plus assertif. D'essayer en tout cas. Avec toi et avec notre bébé !

Je n'avais presque pas dormi la dernière nuit. Je m'étais blottie contre lui, l'avais écouté respirer, m'étais gorgée de l'odeur de sa peau, que j'avais caressée longuement, mais tout doucement pour laisser mon empreinte sur lui. Invisible et subtile.

Et puis il était parti.

Je m'étais alors jetée dans le travail. Bulle m'avait rejointe et l'idée, peu à peu, avait pris forme. Nous avions étudié, projeté, fait des recherches et ce soir-là (comme chaque soir après ça), nous avions skypé avec Val et lui avions exposé nos avancées. Les filles étaient là car nous les voulions partie prenante de ce que nous entreprenions, et lui et elles étaient enthousiastes, et lui et elles nous soutenaient à fond. Même Jul ne s'était pas réfugiée dans la cuisine, nous avions passé une merveilleuse soirée et je ne voyais que par moments une ombre de tristesse passer sur le visage de ma Bulle, mais elle ne faisait que passer sans rester, cette ombre, elle éclatait et disparaissait. Puis Bulle s'en revenait à nous et à notre avenir et je me fis la promesse solennelle de mettre toute mon énergie désormais à nous le construire beau, cet avenir ! Pétillant et fougueux ! Pas chieur et pas prétentieux !

Macaron chocolat blanc-champagne, parce que ça pétille !

32e semaine

Les désagréments augmentent ! Maman n'a plus qu'à prendre soin d'elle. Bébé ne bouge plus beaucoup. Il continue à grandir et à grossir et s'est mis en position pour le grand jour.

Les semaines passèrent. Nous étions prises chaque jour. Par les préparatifs pour le bébé. Par l'histoire que j'avais déjà écrite et réécrite plusieurs fois. En changeant le point de vue. En changeant le temps. En changeant le narrateur. En changeant la fin. Je riais avec Bulle en disant que j'allais finir par donner toutes les versions à Jul en les appelant : *50 Nuances de Plume !* La vérité est que je prenais tant de plaisir à l'écrire que je n'avais pas hâte de finir.

Je lisais aussi beaucoup. Cela me nourrissait ainsi que tout ce que j'entreprenais, j'étais comme boulimique de mots. Boulimique de la vie contenue dans les livres. Boulimique d'émotions et d'expériences. Je me donnais l'impression d'avoir dormi pendant des années et de prendre les livres comme des pilules à rattraper le temps si jamais une chose pareille a jamais existé.

J'avais particulièrement adoré *4321* de Paul Auster, ce livre incroyable, ce tour de force où Paul (et Valentin aurait dû se méfier parce que j'avais été sur le point de tomber folle amoureuse de lui !) m'avait raconté quatre versions d'une même histoire (nul doute qu'il m'avait amenée à créer toutes mes Plumes !). Quatre versions d'une même personne. Quatre versions d'une même vie qui, par le caprice du destin, avait emprunté de légères bifurcations. L'une était restée sur l'autoroute tandis qu'une autre avait pris une route de campagne, un chemin sans issue, avait sauté dans le vide… Et Ferguson, son personnage amoureux des livres, des mots, du cinéma, de l'histoire et d'une même femme, toujours elle, avait vécu toutes ses vies jusqu'à les refondre en une. Je ne pouvais m'empêcher de me dire que j'étais peut-être comme lui et que Paul n'avait écrit ce livre que pour moi. Pour me dire que je n'étais pas seule, que quelqu'un au moins comprenait ce par quoi je passais et qu'il y avait une issue à toute cette folie, à ce grand remue-ménage, à cette tornade géante et que j'en étais à bifurquer, mais que peut-être l'autre Claire suivait-elle mon autre chemin et que ce n'était pas grave. Car nous finirions par nous retrouver. Elle finirait par me rejoindre. Et ensemble, nous retrouverions aussi la Claire initiale. La Claire première. Celle qui avait toujours écrit. Celle qui avait grandi auprès de son frère. Celle qui était tombée amoureuse de Valentin au premier regard (Désolée, Paul !). Celle qui enfin avait rencontré Bulle, au sortir de l'enfance, en avait fait sa meilleure amie pour la vie et avait créé avec elle et pour elle un incroyable projet.

Notre projet. Les choses évoluaient de ce côté de manière spectaculaire et c'était comme si l'univers tout entier avait décidé de nous aider. Comme si les planètes s'alignaient pour nous. Comme si le hasard, pourtant connu par ailleurs pour être taquin, avait décidé de parier sur nous et nous donnait discrètement un coup de pouce, histoire de s'assurer de ne pas avoir misé sur les mauvaises juments. Nous étions engagées. Bulle et moi. Nous étions nous. Pleinement. Nous étions ensemble et nous nous découvrions parfaitement complémentaires. Ce que nous entreprenions n'était pas rien. Ce n'était pas simple et cela aurait pu ne pas fonctionner. Après tout, nous étions aussi différentes que possible. Et l'amitié qui nous liait n'était en rien garante d'une réussite sur un autre plan. Je n'avais pas d'expérience de la question, mais elle oui. Elle avait déjà essayé d'entreprendre avec une amie et cela avait été voué à l'échec. Parce que travailler ensemble requiert autre chose que seulement être ensemble (et *vice-versa* d'ailleurs). Mais entre nous, contre toute attente, cela fonctionnait !

Luc était parti. Il louait un studio en centre-ville, proche de son boulot et pour le moment, il ne parlait pas de vendre la maison, mais Bulle se comportait comme si elle avait une épée de Damoclès au-dessus de la tête. J'essayais de la convaincre d'avoir une conversation avec lui, mais il refusait de lui parler et elle ne voulait pas forcer les choses. Elle vivait donc au jour le jour. Dépensait un minimum parce qu'elle se sentait gênée à l'idée d'utiliser la carte bleue de leur compte commun qui n'était presque alimenté que par lui et ça la rendait malade, mais elle n'avait pas le choix. Elle ne vivait pas ça très bien. J'imaginais que Luc ne le vivait pas mieux. Mais il fallait que le temps fasse son office. Il passait et chaque jour qui filait nous rapprochait de quelque chose qui serait de l'ordre d'une résolution. D'une manière ou d'une autre.

Valentin faisait un excellent travail en République tchèque et s'était donné comme objectif de finir sa mission de réorganisation de l'usine dans laquelle il était employé le plus vite possible pour essayer de rentrer avant la fin de ma grossesse. Je le soupçonnais de s'y atteler jour et nuit. Le grondais. Mais mollement. Et lui s'attirait le respect de ses patrons tant il s'investissait et de ses collaborateurs tant il le faisait avec exigence et bienveillance.

La sage-femme continuait de m'accompagner et nous avions fait un bond en avant incroyable. La sophrologie avait changé ma vie ! Non. *J'avais* changé ma vie !

Et chaque jour, je continuais d'écrire à mon bébé…

Mon amour,

Il est temps que je te parle de notre projet, à tata Bulle et à moi. C'est quelque chose d'un peu fou. Quelque chose que je n'aurais jamais osé sans toi. Sans t'avoir rencontré. Alors voilà, je vais quitter mon travail. Tu sais ce travail que je ne m'imaginais pas quitter pour quelques semaines, le temps de prendre soin de toi. J'ai réalisé que je n'en avais plus besoin. Qu'il me fallait autre chose. Qui ressemblerait plus à celle que je suis aujourd'hui. Celle que, grâce à toi et grâce à celles que j'ai rencontrées en t'attendant, toi, je suis devenue.

Nous allons ouvrir une pâtisserie. Qui ne sera pas seulement une pâtisserie. Qui sera un lieu de bien-être. Dédié aux parents. Nous allons en faire un lieu d'accueil. Un lieu de parole. On pourra y boire des boissons chaudes et y manger les gâteaux de Bulle, bien sûr. On pourra y acheter des livres aussi. Et des jouets. Éducatifs. On pourra y suivre des séances de yoga, de méditation, de sophrologie évidemment. On pourra y assister à des conférences, des ateliers sur les questions liées à la parentalité. Nous voulons en faire un lieu de créativité. D'ouverture. Un lieu de bienveillance. D'apprentissage.

C'est le plus beau projet que j'aie jamais porté ! Je suis inscrite à une formation pour devenir sophrologue. Je la mènerai l'année prochaine, pour te donner le temps de grandir. Je fais aussi du yoga et de la méditation tous les jours. Je lis tout ce qu'il y a à lire sur la parentalité. La discipline positive. Les neurosciences cognitives et affectives. J'apprends. Je mets mon appétit d'apprendre au service de ce projet. J'utilise aussi tout ce que je sais déjà et c'est ma façon de ne pas tourner le dos à la Claire que j'ai été toutes ces années. J'ai presque terminé de rédiger notre business plan. *J'ai contacté la banque. J'ai préparé notre futur plan marketing. La sage-femme dit qu'elle devrait me gronder, mais elle le dit en rigolant parce que par ailleurs, elle dit que je suis tellement en forme que si toutes ses patientes étaient comme moi, elle se retrouverait vite au chômage !*

Oh, mon amour, je suis si heureuse ! Je trouve encore du temps pour lire, tu sais comme j'y tiens, comme c'est important pour moi. Je m'installe chaque jour sur la banquette de mon bow-window. Le printemps arrive un peu en avance et c'est merveilleux de sentir le soleil, sa chaleur, réveiller la nature et me réchauffer à travers la vitre. Et je me fais l'impression d'un arbre qui bourgeonne. Je me fais l'impression d'une promesse enfin tenue !

Ta grand-mère se plaint de ce que je ne l'appelle plus. Et c'est vrai que je l'appelle moins et c'est peut-être la chose qui me déplaît le plus. Me priver de ma propre mère au moment même où je m'apprête à devenir la tienne. Mais c'est un passage obligé pour moi. Je le sens et je ne veux pas qu'elle sorte de ma vie. Je veux seulement commencer par recréer ma vie puis voir comment elle y trouvera sa place. Je me protège, j'en ai conscience. Je ressens le besoin de le faire et je ne le juge pas, je ne me juge plus, tu le sais, je me fais confiance. Je sais qu'il y a assez d'amour en moi pour qu'elle puisse un jour, si elle accepte ce qui m'arrive, s'en réserver à nouveau une part.

Que te dire d'autre ? J'ai retrouvé Marie. Ses parents habitent toujours au même endroit que lorsque nous étions petites filles. Je les ai appelés et ils se souvenaient de moi ! Ils m'ont donné ses coordonnées, je l'ai contactée et elle était si heureuse ! Et moi ! Moi, j'étais aux anges, vraiment. Elle est venue. Hier. Nous avons passé un moment ensemble. Je lui ai parlé de tout ce qui s'était réellement passé et qui nous avait séparées. Elle m'a dit avoir souffert de ma désaffection. Elle m'a dit aussi que ses parents avaient mieux compris qu'elle ce qui s'était passé, que sa maman, à l'époque, lui avait dit que j'étais encore petite et que je ne faisais pas tout ce que je voulais, mais que si notre amitié était réelle et forte, alors d'une manière ou d'une autre, un jour ou l'autre, nous nous retrouverions. Et quand je l'avais appelée, elle s'était souvenue de cette phrase de sa maman. Cela m'a profondément émue. Et j'ai tenu à rappeler sa mère pour la remercier de ma part et de la part de la petite fille que j'avais été.

Elle est restée tard. Nous nous sommes découvert beaucoup de points, de goûts en commun. Bulle et elle se sont aussi parfaitement entendues et lorsque nous lui avons parlé du projet (Nous parlons beaucoup du projet. Tout le temps. À tout le monde. Au risque de devenir très chiantes !), elle est devenue tout excitée. Parce que ses beaux-parents s'apprêtent à vendre leur fonds de commerce. Une boutique de vêtements à deux pas de l'école des filles. À deux pas de chez nous. Dans une rue charmante. Mais où il n'y a ni pâtisserie-salon de thé, ni librairie. Ni rien encore de cet ordre. Rendez-vous a été pris et Bulle a été visiter les lieux ce matin. Et moi par la même occasion, mais par webcam interposée. C'est juste parfait ! C'est exactement ce qu'il nous fallait ! Grand, mais pas trop. Avec des travaux bien sûr, mais puisqu'une force surnaturelle semble avoir fermement décidé de nous soutenir à tout prix, il se trouve que Marie est architecte d'intérieur et elle est incroyable : elle était avec Bulle dans la boutique ce matin et elle avait déjà des centaines d'idées plus magnifiques les unes que les autres ! Elle sera notre maîtresse d'œuvre et qu'est-ce qui pourrait encore nous arrêter ? Nous empêcher ? Rien ! La réponse est rien ! Parce que, vois-tu, le plus beau, le plus fort, le plus extraordinaire dans cette histoire, c'est que même si pour une raison apocalyptique

(Oui, il est clair que vu comme c'est parti, il faudrait au minimum une invasion d'aliens pour que nous n'allions pas au bout de nos rêves ! Et encore, il faudrait des aliens particulièrement virulents ! Et quand bien même ! Les aliens aussi doivent bien être des parents ! Et un alien en guerre reste avant tout un être vivant et un être vivant ne crachera jamais sur un bon petit gâteau, on est d'accord ! Enfin, moi je dis ça...), même si donc vraiment quelque chose de grave se passait qui invaliderait notre projet, je sais aujourd'hui avec une certitude absolue que ça ne nous arrêterait pas. Que ça ne m'arrêterait pas. Qu'il y aurait autre chose, parce que je me suis mise en mouvement et que rien ne pourra plus m'arrêter, c'est drôle, tu ne trouves pas ? Que ce soit le fait de devoir rester immobile qui finalement m'aura permis d'enfin me mettre en marche !

Une dernière chose à partager avec toi ce matin : j'ai retrouvé la trace de Marc. Mon frère. Ton oncle. Ça n'a pas été difficile. J'ai été sur Facebook. J'ai entré son nom. Et voilà. Aussi simple, aussi rapide, aussi évident que ça. J'ai vu sa photo. Je n'avais pas vu son visage depuis tant d'années. Je n'avais pas vu son visage depuis que j'étais cette petite fille de neuf ans qu'il avait abandonnée. Et il vit ici. Comme moi. Et je me dis que je l'ai peut-être croisé. Je veux dire, la ville est grande, c'est vrai, mais pas si grande et je l'ai peut-être croisé. Une fois. Plusieurs fois. Il était peut-être un jour dans le même tram que moi. Assis en face de moi. Ou quelques places derrière moi. Peut-être l'ai-je bousculé. Peut-être lui ai-je demandé pardon. Peut-être m'a-t-il souri. Et je n'ai pas su que c'était lui. Peut-être m'a-t-il doublée en voiture. Peut-être avons-nous flâné dans le même magasin. Peut-être avons-nous pris un verre dans le même café. Mangé dans le même restaurant. Lui à sa table. Moi à la mienne. En nous ignorant et le mal qu'il m'a fait. Et celui que je lui ai fait peut-être. En étant l'enfant qu'il ne voulait pas être. En prenant sa place auprès de nos parents.

Je voulais seulement le voir. Je n'avais rien prémédité de plus, mais j'ai vu qu'il était marié. Prof de contrebasse au conservatoire. J'ai vu qu'il avait deux enfants. Et j'ai cliqué presque sans le savoir. J'ai fait une demande. Pour que nous soyons amis ! Les merveilles de Facebook ! Et dans la minute, il m'avait acceptée. Et la minute encore après, je recevais un message auquel je n'ai pas encore répondu. Le message disait (demandait plutôt) : Claire, c'est toi ?

Et plutôt qu'y répondre, j'ai voulu t'écrire à toi. Je sais à présent que je ne veux pas te priver d'un oncle. Ni d'un cousin ni d'une cousine. Alors, si tu veux bien, mon amour, je vais te laisser et je vais aller répondre à mon frère. Que oui, c'est bien moi !

Ta maman, pour toujours et à jamais…

14 juin, 37e semaine

Maman et bébé sont prêts !

Notre petite fille est née juste avant l'été. En pleine santé. Belle comme le jour. Un rayon de soleil. Qui aime à donner de la voix, le soir venu.

Nous nous sommes rencontrées. Découvertes. Nous nous sommes retrouvées plutôt et j'aime à penser que notre histoire est un peu comme l'histoire que je partage avec son papa. Une première rencontre, à l'aveugle presque, et puis une autre plus tard, plus totale, et l'avènement d'un amour inconditionnel, d'un respect profond, d'une confiance absolue.

Elle dort dans notre chambre et il n'y a rien que j'aime plus au monde que la prendre dans mes bras la nuit quand elle pleure et lui donner à téter. L'instant est paisible. J'allume seulement une petite lampe que nous avons recouverte d'un voile pour qu'elle ne nous fasse pas mal aux yeux, pour qu'elle n'empêche pas Valentin de se reposer. Et je la regarde tandis qu'elle se nourrit de moi. Ses petits yeux d'abord grands ouverts et qui, petit à petit, tandis qu'elle se rassasie et se rassure, se ferment doucement et puis s'ouvrent à nouveau, par intermittence, pour vérifier que je suis toujours là, à la regarder, à lui sourire, à veiller sur elle et c'est ce que je fais, et c'est le meilleur rôle que j'aie jamais joué. Le rôle de celle qui donne, se donne pleinement, celle qui prend soin, je suis pour elle ce que Bulle a été pour moi pendant les mois qui ont précédé sa venue. Je suis pour elle ce que Bulle m'a appris à être.

Notre première sortie a été un grand moment. Je n'avais plus mis les pieds dehors (à part ces fois où je devais grimper dans l'ambulance et aller à l'hôpital faire des examens de contrôle et retour) depuis des mois. Marcher dans la rue. Le nez au vent. Retrouver des sensations, des perceptions que j'avais oubliées. Non parce que trop de temps avait passé. Mais parce que je ne les avais pas suffisamment ancrés, ces ressentis. Je ne m'y étais jamais vraiment arrêtée. Je ne leur avais jamais donné toute l'importance qu'ils auraient dû avoir. Mais j'ai changé ! Et l'ici et le maintenant sont devenus ma mesure et mon oxygène. Je regarde. J'écoute. Je sens. Je touche. Je goûte. Je suis pleinement au cœur de ce que mes sens perçoivent et je m'accorde ce cadeau chaque fois que je suis avec ma fille, que je nous promène. Je laisse mon téléphone à la maison. Je l'emmaillote au plus près de moi et nous marchons, je lui prête mes jambes et je lui décris tout ce que je perçois, tout ce que je pense, tout ce que je ressens. Je partage. Pleinement. Et les gens doivent me prendre pour une folle. Qui marche et parle à son bébé, un sourire accroché aux lèvres, les yeux mi-clos, le bonheur en bandoulière ? Mais le fait est que j'adore cette folie en moi, j'adore cette liberté que j'exerce enfin, j'adore l'idée qu'il n'a pas été trop tard pour moi et qu'il n'est pas, ne sera en fait jamais, trop tard pour rien ni personne. Que tout ce que nous vivons nous construit et qu'au moment opportun, nous devenons des fruits mûrs, à point, gorgés de soleil et de sucre, prêts à être cueillis, recueillis, prêts à révéler leurs arômes…

Après notre première promenade en solitaire, Bulle nous a invitées, ma fille et moi, à venir chez elle. C'était la première fois. Et c'était drôle de découvrir cette autre maison qui était comme une jumelle de la mienne. En miroir. Les mêmes pièces exactement. Le même espace exactement. Mais de sacrées différences, qui s'étaient certes atténuées récemment, mais sans disparaître tout à fait.

D'un côté, il y avait mon intérieur impeccable. Blanc. Gris perle. Bleu pastel. Où tout était toujours rangé, chaque objet à sa place. Et pas un millimètre plus loin. Chaque objet. Et chacun. Chez moi, rien ne dépassait. Rien ne dérangeait. Je jetais ce que je ne voulais plus. Je rangeais le reste et je veillais à ce que l'ordre règne. Enfin, ça c'était avant l'invasion des filles et de leur univers qu'elles avaient peu à peu rapatrié chez moi, préparant sans le savoir et sans que je le sache mon nid. Celui de mon enfant. Parce que ce qu'elles avaient mis dans la maison était de la vie et il fallait de la vie pour accueillir un bébé. C'était une règle simple que j'avais fini par apprendre. Juste à temps. Une règle simple que ma mère n'avait, tristement, jamais apprise.

De l'autre côté, il y avait chez Bulle. Et chez Bulle, la vie était partout. Dès l'entrée, des chaussures, des chaussons, de toutes formes, de toutes tailles, encombraient l'espace et il fallait slalomer pour pouvoir continuer. Et c'était comme ça partout ! Ce n'étaient pas des chaussures qui traînaient (quoique), mais tout le reste. Des vêtements fraîchement lavés qui attendaient d'être pliés et rangés. Des livres empilés. Pour tous âges. Des crayons, des jouets, des couleurs, des paniers en osier. Des cadres et des miroirs sur tous les murs. Des tapis épais au sol. Des pots et des vases, pleins de plantes et de fleurs. Partout. Posés. Par terre ou sur des étagères ou sur de petites tables basses ou sur des tabourets. Ou qui pendaient du plafond. C'était une véritable jungle et je me souvins ce jour-là du fait que Bulle, plusieurs fois et avec insistance, s'était étonnée de ce que je n'avais pas de plantes chez moi. Aucune. Et je lui avais dit que je n'avais pas la main verte et elle avait grimacé !

Et sa salle à manger ! Là où nous avions joué l'épuration extrême à la limite du zen, ils avaient installé une table de bois brut qui occupait toute la place (et des rails au plafond où étaient accrochés des outils et des ustensiles, des photos, des guirlandes lumineuses et d'autres plantes encore), des chaises dépareillées autour et sur la table un capharnaüm d'objets en tous genres. Bulle m'expliqua qu'ils ne mangeaient presque jamais sur cette table parce qu'elle n'était jamais libre, ils préféraient le comptoir de la cuisine et cette table était leur table à vivre, leur table de famille, le centre de leur univers miniature et c'est autour d'elle qu'ils gravitaient tous. Luc y avait installé son établi et y bricolait à l'envi des objets qu'il détournait gaiement puis qu'il offrait ou qu'il entreposait sans ordre dans la maison, dans les escaliers, dans les toilettes, là où il trouvait de la place. Bulle avait un coin réservé qu'elle maintenait tout particulièrement propre et où elle pâtissait tandis que les filles faisaient leurs devoirs ou jouaient ou peignaient ou construisaient ou cuisinaient avec leur mère ou bricolaient avec leur père ou ne faisaient que babiller gaiement. Cette table était le cœur palpitant de la maison et une chaise me fut bientôt attribuée pour quand je venais et l'on posait le cosy directement sur la table. Mon bébé y trônait telle une offrande aux dieux de notre part à tous, pour les remercier. D'être là. Ensemble.

Et la cuisine était du même style ! Propre comme tout le reste sans le moindre doute, mais encombrée à l'extrême. Bulle possédait tout ce qui pouvait permettre de faire des gâteaux et elle ne songeait apparemment pas très souvent à prendre la peine de mettre ses ustensiles dans les tiroirs prévus à cet effet (Et qui, de toute manière, étaient déjà pleins de tout un tas d'autres choses). C'était tout simplement magnifique ! Il y avait quelques mois à peine, j'aurais été choquée par un tel laisser-aller, mais aujourd'hui, j'étais émerveillée par tant de beauté accumulée. Et ce n'est pas seulement moi qui avais changé. C'était mon œil. Mon mode de vision. Là où j'avais eu besoin de vide, je voulais à présent me gorger de plein. Là où j'avais cru discerner du bazar, je distinguais à présent des détails qui ne me trompaient plus. Des détails qui, pour l'ancienne Claire, n'auraient eu aucune valeur, mais qui, pour celle que j'étais devenue, étaient des messages, des souvenirs, des cailloux blancs sur le chemin sinueux de ma transformation. Je pensai au renard du Petit Prince et à son champ de blé. Et réalisai que les ustensiles épars dans la cuisine m'étaient devenus chers parce qu'ils m'étaient des traces de Bulle. Son empreinte laissée au cœur de ma forêt.

Un moule m'était le souvenir d'une part de tarte tatin partagée avec Valentin. Un autre, celui d'un muffin dégusté un soir de printemps, fenêtres ouvertes sur la douceur du jour finissant, Paul me faisant la conversation délicieusement. Un autre rappelait à ma mémoire une fournée de cookies particulièrement réussis et nos éclats de rire face à Naïs qui répétait pour nous la pièce qu'elle présenterait à la fête de son école. Il y avait encore les verrines que Bulle avait confectionnées le soir où nous avions signé le bail de notre boutique. Et ce moule particulier ! C'était celui des macarons dont j'avais appris que le troisième, le macaron mystère, n'avait pas été destiné à Plume (Même si nous étions tombées d'accord pour dire que cette idée était la meilleure de ma vie. Avec celle de la boutique. *Ex aequo* disons), mais à moi. Il y avait eu le macaron pour bébé. Le macaron pour la chieuse. Et le macaron pour celle que j'étais en capacité de devenir. Le troisième macaron était donc le pari que Bulle faisait. Sur moi. Pari réussi ! Et ce n'est même pas moi qui le dis !

Valentin avait tellement bien travaillé qu'il nous avait rejoints mi-juin. Juste à temps. Il avait rempli sa mission en moins de cinq mois quand on lui en avait laissé neuf. Il avait reçu une super prime pour ça, entièrement engloutie dans notre projet, une super promotion aussi et, cerise sur le gâteau, un doublement de son congé paternel qui fait qu'il est ensuite resté avec nous pendant tout un mois.

Tout un mois pour nous recentrer. Nous aimer. Nous apprendre. Elle, lui, moi. Ensemble.

Luc était finalement rentré à la maison. Un peu avant la naissance de notre fille. Un peu après le retour de Val. Il avait découvert en étant loin de chez lui qu'il n'était pas heureux. Il avait découvert qu'il aimait Juliette de tout son cœur et qu'il se fichait éperdument de savoir à qui appartenait le spermatozoïde responsable de cette petite merveille. Il avait découvert qu'il ne voulait pas vivre loin de Bulle ni loin de ses filles. Ses trois filles. Il avait découvert qu'en partant, c'est lui qu'il avait puni. Bulle et lui avaient parlé longuement. Ils étaient partis ensemble tout un week-end, nous avions gardé les filles et quand ils étaient revenus, ils avaient pris le parti de tout dire à Jul. De ne pas laisser peser sur elle le poids d'un secret qu'elle n'avait pas à porter. Ils lui avaient dit qu'ils avaient découvert récemment que Jul avait un autre papa que son papa. Un deuxième. Une sorte de papa bonus et que c'était très rare, une chance comme ça et que ça expliquait sans doute à quel point elle était unique et extraordinaire et que, si elle voulait rencontrer son autre papa, ils essaieraient de le retrouver pour elle. Elle avait répondu que non, ça allait pour le moment, qu'un papa lui suffisait, que Luc était parfait et que déjà, elle était contente qu'il soit rentré à la maison. Mais que si un jour elle voulait son autre papa, elle le leur dirait et elle avait précisé qu'elle espérait un peu que cet autre papa serait Valentin parce qu'elle pensait que Valentin serait un chouette papa pour le bébé.

J'ai terminé mon histoire d'ange. Je garde le livre et l'offrirai à Jul pour son anniversaire en octobre prochain, un mois après l'inauguration de notre boutique.

Bulle et moi avons travaillé d'arrache-pied et Marie a été incroyable. Elle a créé pour nous l'endroit le plus merveilleux qui soit ! Sur deux étages. Je lui ai parlé de la maison-librairie à Cape Cod et c'est ce qu'elle a cherché à reproduire. Un lieu où chacun pourra se sentir chez lui !

La pâtisserie-salon de thé-librairie est au rez-de-chaussée. Avec ses murs rouges, orange, beiges, blancs. Avec ses fauteuils profonds. Ses coussins moelleux. Ses chaises confortables. Avec ses hautes tables à partager et ses tables basses autour desquelles se poser. On se croirait au rez-de-chaussée d'une vraie maison avec des espaces bien identifiés : la cuisine où travaille Bulle et qui ressemble à sa cuisine, une caverne pleine de trésors, un lieu de magie à fabriquer, et puis les salons, la bibliothèque où les livres sont installés dans des vaisseliers. L'endroit est à la fois moderne et doucement vieillot. À la fois bohème et élégant. À la fois Bulle et moi.

L'espace ateliers est à l'étage. Lumineux. Merveilleux. Avec de grandes baies vitrées. Et des poufs au sol sur des tapis profonds, des plantes qui pendent du plafond et quelques hamacs parce que Naïs l'a demandé à sa façon, point d'interrogation en moins, comme toujours.

– Et il y aura des hamacs, d'accord !

Nous avons même aménagé les combles et j'y ai mon bureau dans le ciel pour gérer l'aspect administratif. Et les filles y ont une pièce rien que pour elles, où elles pourront venir nous rejoindre après l'école et où mon bébé pourra faire sa sieste. C'est le cadre parfait ! C'est le lieu rêvé ! C'est mieux encore que Cape Cod ! Mieux que tout ce à quoi j'avais rêvé !

Nous avons assuré la promotion et les ateliers affichaient tous complet avant même que nous n'ayons ouvert ! Il y en aura deux par soir. Yoga et méditation le lundi et le jeudi. Chant choral et écriture le mardi. Parentalité (jeunes enfants et adolescents) le mercredi. Sophrologie et débat philosophique le vendredi.

Je suis mère. Je suis pleinement mère. Je suis multimère. Mère de ma fille. Mère du livre que j'ai écrit et des livres que je veux écrire désormais. Toujours. Mère de cet endroit, de cet espace que je partage avec ma meilleure amie. Aménagé pour nous par mon amie d'enfance.

Marc est entré dans ma vie, lui aussi. Sur la pointe des pieds. Nous nous sommes rencontrés. Cela a été un moment intense. D'émotion partagée. Nous avions d'abord échangé par messagerie interposée. De petits messages timides. Un peu maladroits. Dans leurs mots, leurs intentions. Nous ne savions pas. Nous ne pouvions pas savoir. Et puis, très vite, il a demandé à m'appeler. J'aurai peut-être hésité s'il était resté des traces de celle que j'avais été, mais non. Je lui ai donné mon numéro et il n'a pas attendu. Pas une seconde. À peine le lui avais-je envoyé que mon téléphone sonnait. Je n'hésitai toujours pas et répondis.

– Claire ?

Mon cœur battait déraisonnablement. C'était comme un rendez-vous amoureux, je crois. C'était l'émotion la plus forte que j'aie ressentie depuis longtemps. Plus forte encore que cette fois où j'avais compris que j'étais amoureuse de l'homme dont je partageais la vie depuis seize ans, l'homme dont j'étais enceinte. Mon cœur battait follement.

– Oui. Marc ?

Je parlais à mon frère. Tant d'années avaient passé. Je m'étais mise à pleurer, mais doucement. Il n'avait rien dit. Longtemps. Nos gorges étaient serrées. Nos mots y étaient bloqués. Tant d'années perdues !

– Oh, Marc, je suis tellement désolée !

– Quoi ? Non, ma puce, non, c'est moi !

Ma puce ! Il m'appelait *ma puce* déjà quand j'étais enfant. Quand nous jouions ensemble, quand il me faisait rire aux éclats, quand je riais au point de pleurer comme je pleurais à présent. Je parlais à mon grand frère ! J'étais émerveillée. J'étais désespérée.

– J'aurais dû venir te voir à l'hôpital !

– Je n'aurais jamais dû aller dans cet hôpital ou plutôt non, je n'aurais jamais dû faire ce qui m'a amené dans cet hôpital, mais je ne regrette pas d'y avoir été.

Nous n'avions pas traîné pour entrer dans le vif du sujet. Preuve que le sujet était à vif ! Depuis toutes ces années !

– J'y ai rencontré Clem.

– Ta femme ?

– Oui, elle y est infirmière. Elle ne m'a pas soigné. Elle ne travaillait pas dans mon service, mais elle m'a sauvé quand même. Nous nous sommes rencontrés à la cafèt' et ça a été le coup de foudre. Dès qu'elle est entrée dans ma vie, les choses sont rentrées dans l'ordre. Comme si ma vie s'était essoufflée à la chercher partout, comme si ma vie avait compris qu'elle n'avait aucune chance sans elle !

– Tu es poète !

– J'aime les mots disons !

– Moi aussi !

– Toi aussi !

Et lui et moi avions tout autant d'émerveillement l'un que l'autre dans nos voix.

Nous avions encore parlé. C'était le soir. J'étais sur ma banquette, un plaid sur les genoux. Bulle était passée et m'avait vue au téléphone. Mes lèvres avaient prononcé *Marc* silencieusement et un sourire d'ange, un sourire de joie pure avait illuminé son visage. Elle s'était éclipsée quelques instants puis était revenue avec une infusion bien chaude qu'elle avait déposée près de moi et un baiser qu'elle avait déposé sur mes cheveux. Elle était partie en allumant une petite lampe dans un coin de la chambre et mon frère et moi avions continué à parler. J'entendais les bruits autour de lui et j'imaginais que Clémentine lui avait à lui aussi porté de quoi boire, avait elle aussi déposé un baiser sur son front ou ses lèvres, j'imaginais qu'elle aussi avait allumé une petite lampe et elle avait pris soin des enfants, leur avait demandé de laisser papa parce que ce soir, papa retrouvait sa petite sœur perdue et c'était important, c'était essentiel parce qu'ils s'étaient perdus de vue, mais maintenant qu'ils y voyaient plus clair, ils voyaient que l'amour qu'ils avaient toujours eu l'un pour l'autre était là, intact, qu'il n'avait fait que se cacher, en attendant d'être redécouvert, qu'il n'avait fait que se mettre à l'abri, en attendant des jours meilleurs, qu'il n'avait fait qu'hiberner et que l'hiver était enfin terminé, le brouillard enfin levé, le printemps enfin arrivé et tout pouvait enfin revivre et reparaître. Que tout pouvait enfin être.

Et puis il était venu. Pas tout de suite. Je voulais attendre un week-end où Valentin serait là, près de moi. Je n'avais pas peur, ce n'était pas ça. Je le voulais seulement là. C'était un dimanche, un peu avant la naissance du bébé. Ils étaient arrivés à l'heure du déjeuner. Lui, Clémentine, Émilie, leur grande fille de quinze ans, et Gaspard, leur fils de onze ans. Nous avions tous été maladroits au début. Étonnés. Empêtrés dans cette drôle de situation. Puis, tout doucement, parce que nous n'avions pas forcé, les choses s'étaient détendues. Peu à peu. Nous avions partagé quelques souvenirs de notre enfance. Il en avait plus que moi. Certains que j'avais oubliés pour de bon, mais d'autres aussi qu'il avait réussi à me rappeler et nous avions ri. Ensemble. Et ce fut magique. Mon frère était drôle. Follement. Mon frère. Comme avant. Il avait cette manière bien à lui de raconter les histoires comme si elles étaient des aventures. Et je le retrouvais intact. Tel que dans mes souvenirs oubliés, mais pas effacés.

Nous avions mangé puis Val avait proposé à Clem et aux enfants d'aller se promener pour découvrir le quartier et passer chercher un brownie tout frais chez Bulle, pour moi et pour Marc, qui me tiendrait compagnie. Ils nous avaient donc laissés. Pas dupes une seconde. Le quartier n'avait rien de particulier à découvrir. Et Bulle aurait tout aussi bien pu nous apporter son brownie. Ou Val aurait pu aller le chercher tout seul. Mais peu importe.

Nous fûmes seuls. Face à face. Mon grand frère. Moi. Marc. Moi. Marc et moi. Et je n'avais qu'une envie et c'était me retrouver dans ses bras. Il dut le sentir car il se leva du fauteuil dans lequel il s'était installé, vint se poser au bord du mien et il m'attira contre lui. Je me laissai faire, il me caressa les cheveux en chantonnant une berceuse et je pleurai doucement, tranquillement et je mis la main sur mon ventre pour partager l'intensité de mon bonheur avec mon bébé et lui dire, dans ce geste : « Oh, mon amour ! Ta maman est si heureuse ! Elle est complète enfin ! »

Nous avons beaucoup parlé. Il m'a expliqué bien des choses. Que je n'avais pas comprises. Que je n'avais fait que deviner. Mais pas complètement. Il m'a aussi parlé de sa vie maintenant, de son métier, de sa famille. Et je lui ai parlé de moi. De mon nouveau métier. De ma nouvelle famille. Je lui ai aussi fait lire l'histoire que j'avais écrite enfant, un peu après la dernière fois où je l'avais vu. Il m'a demandé s'il pouvait en avoir une copie. Et puis, je lui ai montré le livre que j'ai écrit pour Jul.

J'ai enfin une famille ! Cette pensée m'a traversée plusieurs fois ce jour-là. Elle m'est passée par la tête et je l'ai regardée passer. Presque à l'improviste. Elle m'a surprise parce que je n'avais jamais vraiment eu (consciemment du moins) le sentiment de ne pas en avoir une. Parce que j'avais eu mes parents et Valentin. Parce que j'avais fait semblant (mais de manière très convaincante) de croire que cela m'était suffisant. Quand cela ne me l'était pas. *J'ai enfin une famille* et c'est le plus beau cadeau que la vie m'aura jamais fait. Le plus beau cadeau que ma Bulle m'aura jamais fait. Le plus beau cadeau que *je* me serai jamais fait.

Bulle est arrivée peu après avec les autres et son brownie légendaire que nous avons dévoré et très vite, ça a été comme si nous avions été ensemble, toujours. Comme si rien, jamais, ne nous avait séparés. Ça avait été une merveilleuse journée puis ils étaient repartis et j'avais encore un peu pleuré, mais ce n'étaient pas des larmes de tristesse. Plus. C'étaient d'autres larmes. D'émotions. Puissantes.

J'avais appelé ma mère et ça avait été un appel important parce que je lui avais soudain dit tout ce que je lui avais caché ces dernières semaines. Je lui avais dit pour ma démission. Pour la boutique. Je lui avais dit pour Marie. Pour l'histoire que j'avais retrouvée. Pour celle que je venais d'écrire. Je lui avais dit pour Marc, je lui avais dit que je voulais qu'elle y réfléchisse et qu'elle me rappelle quand ce serait fait puis j'avais raccroché.

Je n'avais plus eu de nouvelles d'elle.

21 septembre

Le grand jour fut enfin là. Il faisait beau. Nous avions travaillé d'arrache-pied pour que tout soit prêt.

Depuis un moment, nous cherchions le nom parfait pour notre temple du *feel good*. Nous en avions longuement parlé. Mais nous ne trouvions rien qui soit à la fois totalement nous et totalement ce que nous voulions porter et c'était vraiment le point qui nous désespérait le plus. Nous savions que ce nom préexistait quelque part, mais que nous ne le voyions pas. Comme s'il était caché. Nous nous comportions comme deux petites filles le matin de Pâques : nous cherchions partout dans le jardin de nos pensées, nous étions impatientes, nous étions heureuses et nous savions qu'il était là, quelque part entre les branches ou les racines d'un arbre, ou dans un bosquet ou derrière une pierre, il était là et c'était à nous de le découvrir au sens premier du terme. Mais nous ne le découvrions pas. Et le temps passait…

C'était très similaire à ce qui s'était passé quelques semaines plus tôt quand mon autre bébé était né. Nous avions dû trouver son nom et cela n'avait pas été facile, mais au fond, cela n'avait pas été difficile non plus. Nous en avions fait rouler de nombreux dans nos bouches, nous y avions goûté du bout des lèvres, nous en avions savouré les promesses et lorsque le bon s'était présenté, il n'y avait plus eu le moindre doute et Valentin et moi nous étions souri car c'était lui.

Ou c'était elle plutôt.

Alma Mestre Eckart. Initiales : A.M.E. Notre âme ! Alma Lalie Kat Mestre Eckart, pour être plus précise. Alma parce qu'elle était notre âme, donc. Lalie en hommage à Miss Elizabeth Bennet, mon héroïne préférée de tous les temps. Kat en hommage à Catherine, la mère de Val, décédée quand il avait dix-sept ans. Mestre parce que lui. Valentin Mestre. Eckart parce que moi. Claire Eckart.

Un nom parfait ! Notre premier cadeau à celle qui nous donnait tout en venant au monde à nos côtés. À celle qui nous émerveillait par avance, nous éblouissait !

Et elle le portait à merveille ce nom. Elle le transportait avec elle et nous le rendait à chaque instant plus beau.

La barre avait donc été placée très haut et nous n'avions pas l'intention de nous planter sur quelque chose de si important. Le moment de l'inauguration approchait et nous séchions toujours quand je me réveillai une nuit avec une illumination. Enfin, je m'éveillai, pas vraiment ! J'étais éveillée, je venais de nourrir Alma, elle dormait tel le petit ange qu'elle était, je la regardais dormir, Valentin à mes côtés, et je me surpris à penser qu'il ne me manquait rien, absolument rien pour que l'instant soit parfait. Je me surpris à penser que j'étais heureuse, tout simplement, comme ça, dans ma bulle, ma bulle de joie, de bonheur, ma bulle à moi… au clair de ma bulle… Et soudain, et enfin, le nom était là et je savais que nous pourrions chercher des années, nous ne pourrions pas trouver mieux parce que c'était lui, l'œuf caché au pied de l'arbre ! Je venais de le débusquer et pas question de le laisser là, à la merci des intempéries et des bêtes sauvages, j'allais le ramener à la maison, j'allais le partager avec ceux que j'aimais, on se couvrirait de rires et de chocolat et tout serait parfait et je ne voulais surtout pas de contradiction. Le lendemain, j'en parlais à Valentin qui n'était pas ravi à l'idée de faire quelque chose de si important sans en référer à Bulle d'abord, mais je parvins à le convaincre que nous pouvions au moins essayer de lui présenter la chose le mieux possible et il acquiesça.

Je commandai donc une banderole pour notre devanture et je la reçus une semaine tout juste avant l'inauguration. Ce soir-là, j'envoyai Valentin et Luc la placer et je proposai une promenade digestive à Bulle pour nous dégourdir les jambes après dîner.

Nous le faisions souvent. Mes jambes avaient tout le temps envie d'être dégourdies depuis qu'elles en avaient à nouveau le droit et Bulle m'accompagnait toujours, nous en profitions pour inventer ensemble notre vie à venir. C'était tantôt moi, tantôt elle qui prenait le porte-bébé. Tantôt moi, tantôt elle qui poussait le landau. Au point que j'avais un jour surpris Juliette, penchée sur le berceau d'Alma, en train de lui chuchoter :

– On est presque pareilles, toi et moi ! T'as deux mamans et moi j'ai deux papas !

Nous nous étions dirigées vers la boutique, ce qui était notre itinéraire habituel. Elle n'avait pas tout de suite remarqué la banderole, mais moi oui et elle était magnifique. Parfaite ! Je savais que c'était la bonne ! Et j'étais prête à me battre s'il le fallait tant je désirais qu'elle admette qu'elle n'avait d'autre choix que d'être d'accord avec moi !

Je devais faire une drôle de tête ! Une bouille trop heureuse pour être honnête. Elle plissa les yeux, suivit mon regard puis elle lut les mots inscrits en grandes et larges lettres, au-dessus de la vitrine encore aveugle. Elle lut les trois mots qui m'étaient venus à l'esprit, cette nuit-là. Cette nuit parfaite. En cet instant parfait partagé avec ceux que j'aimais. J'avais compris, je crois, en cet instant qu'il y aurait des moments difficiles aussi. Que la vie ne pouvait être faite que de ces petites minutes volées à l'éternité, mais que ce n'était pas grave. Qu'il suffisait de savoir les reconnaître quand elles paraissaient, s'en réjouir et s'en repaître et que le fait que ces petites minutes existent rendait tout le reste plus beau. Et c'est ce que je voulais transmettre : la vie n'est pas parfaite. La vie est difficile, c'est vrai. Mais elle regorge de petites pépites de bonheur, il suffit de savoir qu'elles existent. Et il suffit de savoir les attraper. Au vol ou en suspens. Comme de petites bulles de joie qui pétillent et éclatent. D'un rire d'enfant. Je voulais que tous ceux qui entreraient là pour y passer un instant ou plus longtemps, pour y acheter un gâteau, y prendre un thé ou pour y trouver un livre, pour y suivre un atelier, je voulais que chacun, à son tour, puisse ressentir ce que j'avais ressenti ce soir-là et se sente là aussi bien que possible. Trois mots magiques et parmi eux, cachés, incognitos, deux mots doubles, comme les agents doubles des films d'espionnage d'antan. Deux mots qui pour les autres ne seraient peut-être rien d'autre que ce qu'ils semblaient, mais qui étaient pleinement nous. Ce nous tout neuf, à la fois ancre jetée et invitation au voyage. Trois mots parfaits donc pour le genre d'endroit que nous espérions créer.

Clair de bulle

Elle éclata de rire.

– Tu es folle !

– Tu crois ? Ose me dire que ce n'est pas parfait !

– Complètement folle !

– Peut-être, mais…

– Mais c'est vrai que c'est sympa !

– Et ?

– Et lunaire et rêveur et un peu enchanteur et on va devoir faire des croissants avec un nom pareil ! Aromatisés au champagne peut-être… OK, je prends !

– Tu ne pouvais pas ne pas ! Il n'y avait qu'un œuf dans le jardin !

Elle connaissait ma théorie pascale qui avait déjà servi pour le prénom de ma fille. Elle ne dit donc rien, lâcha le landau après avoir mis le frein (on est responsables dans notre famille élargie) et me serra si fort dans ses bras qu'elle aurait pu m'étouffer, ce qui ne m'aurait pas dérangée.

Les garçons s'étaient cachés dans la rue à côté. Ils nous rejoignirent et l'affaire fut faite : nous passâmes à la maison commander l'enseigne, la vraie !

Une semaine plus tard, elle n'était pas arrivée pour le grand soir, mais ce n'était pas grave, nous avions toujours la banderole provisoire que j'avais commandée et avant d'entrer pour accueillir tout notre petit monde réuni, nous avions pris un moment pour l'admirer et nous serrer très fort dans les bras l'une de l'autre, encore une fois. Ça menaçait sérieusement de devenir une habitude de vie, le câlin spécial *business partners*, qui donne des forces, de l'énergie, de la motivation, qui écrase les doutes et les peurs, en fait une bouillie que l'on foule ensemble aux pieds et dont on s'éloigne, ensemble, dans la joie et la bonne humeur ! Un joli concept que nous comptions bien breveter !

Les invités étaient arrivés doucement toute la soirée. Des amis, des voisins, des passants curieux. Mon frère. Marie. Mon père même qui était arrivé assez tôt, m'avait embrassée et s'était ensuite tenu éloigné du tumulte avec un sourire oublié sur un coin de ses lèvres qui avait permis à Marc de le rejoindre et de lui parler et ils ne s'étaient pas quittés de la soirée. Où que je sois, où que j'aille, je ne manquai jamais de leur jeter un coup d'œil et ils me faisaient un petit signe depuis là où ils étaient pour me signaler que tout allait bien.

Valentin était là, évidemment, Alma portée sur son cœur et il rayonnait. Je ne pouvais m'empêcher de le regarder et de lui sourire même quand je parlais à de parfaits inconnus.

Marc avait fait venir des élèves à lui du conservatoire qui avaient monté un petit orchestre de jazz dans un coin, et l'atmosphère était délicieuse, tout autant que les gâteaux de Bulle qui enchantaient tout le monde. Mais comment aurait-il pu en être autrement ? Bulle cuisinait avec son âme et son âme était grande comme un vieil océan, comme un nouveau continent, comme un univers alternatif et passionnant.

Les gens étaient impatients de voir la boutique ouvrir. Ils réclamaient d'autres ateliers et nous avions déjà promis d'en monter pour les enfants aussi : un de yoga, un de méditation et philosophie et un de sophrologie. Et le vendredi matin, un autre atelier sophro pour les femmes enceintes, cette fois.

Ma sage-femme était là avec toute sa petite famille. Elle avait cinq enfants, je ne l'avais jamais su, mais quand je la grondai à ce sujet elle me rappela que notre accompagnement avait été à propos de moi et non d'elle et que puisque manifestement nous allions devenir collègues et amies, j'aurais tout le temps d'en apprendre plus sur elle et sur sa petite tribu dorée ! Sa petite tribu dorée ! Je trouvai merveilleux l'idée que l'on puisse parler ainsi de sa famille et, grossesses compliquées ou non, je déposai une note mentale dans mon cerveau à l'intention de Valentin pour lui demander s'il serait prêt à me donner à moi aussi une petite tribu dorée à aimer, à choyer, à gaver d'amour et à faire déborder d'énergie ! Et puis je regardai Bulle, Garance, Juliette, Naïs et Luc qui bavardaient dans un coin avec Marc, Clémentine, Émilie et Gaspard, je vis que Val et Alma étaient en train de les rejoindre et je souris parce que tout ça ressemblait déjà à une petite tribu. Colorée. De toutes les couleurs de l'arc-en-ciel et j'eus soudain très envie de m'asseoir dans un coin avec un cahier pour m'amuser à attribuer à chacun de ceux-là que j'aimais tant une couleur. Et je souris en me disant que ça pouvait attendre, mais j'étais à moitié convaincue seulement et j'octroyai déjà, par avance, l'orange à Bulle, le bleu à Valentin, l'or à Alma…

Les parents de Bulle étaient là, eux aussi ! Aussi hippies que je les avais imaginés et aussi adorables que possible. Et quelques désormais anciens collègues à moi avaient fait le déplacement. J'avais eu une petite appréhension à ce sujet. Craint peut-être qu'ils ne viennent me juger, voir à quel point j'étais tombée bien bas. Mais j'avais résolu de ne pas préjuger et j'avais bien fait. Tous s'étaient montrés impressionnés et m'avaient encouragée, mon ex-patron m'avait même demandé de venir faire de la sophrologie dans l'entreprise et j'avais accepté volontiers. Manière de ne pas renier celle que j'avais été et la vie qu'elle avait menée. Manière de me relier à mon histoire, mon expérience, au chemin parcouru, sans cesser d'aller de l'avant, sans cesser de vouloir me rapprocher, toujours plus, de moi-même.

Il ne manquait au fond qu'une seule personne et je n'y pensais pas. Je m'efforçais de ne pas y penser disons plutôt. Et je parvenais par instants à ne pas.

Le temps s'était écoulé tranquillement et les gens étaient repartis, petit à petit, avec de nombreux remerciements, des félicitations chaleureuses. Ils nous avaient tous dit en substance qu'on se sentait bien ici. Qu'on se sentait chez soi. Qu'on se sentait au bon endroit dans ce bel endroit et tout ça nous avait été droit au cœur.

Il ne restait plus que nous. Notre famille élargie. Notre tribu colorée.

Et j'étais dans les bras de mon frère qui s'apprêtait à partir lorsque je le sentis se tendre. Je n'eus pas besoin de la voir pour savoir. Je me retournai. Elle se tenait à l'entrée. Regardait de tous côtés. Semblait à la fois intimidée et impressionnée.

Elle me parut vieillie. Elle se tenait très légèrement voûtée. Elle devait mourir de chaud dans son manteau de fourrure. Élégant. Trop. Avec son collier de perle. Son rouge à lèvres de marque. Ses cheveux teints, d'un blond trop blond. Je ne bougeai pas. Les musiciens étaient repartis et ceux qui étaient encore présents s'étaient tus si bien que le silence était embarrassant et je ne savais pas trop comment le rompre. En vérité, j'aurais su si j'avais voulu, mais je ne voulais pas vraiment. Valentin s'approcha d'elle et elle vit Alma. C'était la première fois. Ses yeux s'écarquillèrent. Elle ne dit rien, mais s'approcha très lentement, comme si un opérateur avait mis la caméra au ralenti et elle posa ses lèvres sur le front de mon bébé.

Je rassemblai mon courage et m'avançai alors :

– Merci d'être venue, maman.

– Oh, ma chérie ! fut tout ce qu'elle trouva à me répondre.

Je ne l'avais pas vu, mais elle avait deux paquets dans les mains. Maladroitement et sans autre forme de cérémonie, elle me tendit le plus gros. Manière de s'offrir, de nous offrir une contenance, je suppose. J'acceptai le geste et défis le paquet dans lequel se trouvait une jolie peluche en forme d'éléphant.

– Tu as toujours adoré les éléphants, précisa-t-elle.

Et c'était vrai. Enfant, je n'aimais les documentaires animaliers que s'ils traitaient d'éléphants et je voulais toujours lire des histoires avec des éléphants. Si j'avais eu la fibre plus scientifique, je serais très probablement partie vivre dans un pays lointain pour y étudier les éléphants.

L'éléphant était donc un bon choix et je la remerciai d'un hochement de tête.

Elle regarda ensuite Valentin qui lui sourit, ce qui me fit comprendre qu'il n'était pas pour rien dans la présence de ma mère ici ce soir. Et elle me tendit le second paquet. C'était une petite boîte à bijou et j'imaginai qu'il devait y avoir à l'intérieur une gourmette ou une médaille ou de petites boucles d'oreilles pour Alma, mais je l'ouvris et découvris une bague. Je la regardai sans comprendre.

– Je t'aime, ma chérie, me dit-elle et je suis terriblement fière de toi mais ce cadeau n'est pas de moi ! Retourne-toi !

J'obéis sans chercher à comprendre et ce que je vis me fit fondre.

Les quatre filles de notre tribu colorée se tenaient alignées et portaient chacune une petite pancarte. Garance (toute souriante) : ÉPOUSE-

Juliette (toute sérieuse) : MOI !

Naïs (qui sc tortillait en rigolant et en secouant la pancarte au-dessus de sa tête, ce qui rendait la lecture légèrement acrobatique) : JE

Alma (enfin, le cosy d'Alma plutôt, grâce à un scotch stratégiquement positionné) : T'AIME !

ÉPOUSE-MOI ! JE T'AIME !

Et elles se séparèrent selon une chorégraphie parfaitement préparée, magiquement quoiqu'imparfaitement exécutée, et Valentin apparut derrière elle, tout sourire, une mèche tombant sur ses yeux doux, un genou à terre.

Mon amour, mon âme, mon bébé,

Tu viens de t'endormir et je ne voulais pas laisser finir cette journée sans t'écrire. Tu reposes doucement dans ton berceau de bois blanc et le tour de lit coloré fait comme un cocon de douceur autour de toi. Je suis assise en tailleur sur ton tapis d'éveil, tes peluches me surveillent et c'est comme si soudain, je m'étais transportée dans cette petite vitrine qui était perchée audessus de mon bureau d'enfant. Tu te souviens ? Je t'en avais parlé. Cette petite vitrine qui me faisait rêver et c'est comme si alors j'avais eu l'intuition de toi. L'intuition de tout cet amour en moi. L'intuition de tout ce bonheur à venir. La vitrine n'est plus vide. Elle est plus parfaite encore maintenant qu'un peu de désordre est venu l'habiter. Et c'est comme si une fée s'était penchée sur mon cas et s'était décidée à me donner la vie. Comme si une fée (ou un ange, comme ma Plume) nous avait fait assez confiance à ton papa et à moi pour nous faire le cadeau de ta vie !

Ma chérie, je te regarde dormir et mon cœur s'emplit de gratitude ! Une gratitude si intense qu'elle me donnerait presque le vertige et me forcerait presque à me coucher sur ton tapis d'éveil et à embrasser le ciel de toute la force de mes pensées, à rire avec les étoiles qui sont de drôles de petites coquines quand on commence à les connaître et je commence à les connaître, je les regarde chaque soir, je les cherche chaque soir, je les accueille chaque soir quand tu es dans mes bras et que je te berce doucement jusqu'à ce que le sommeil te prenne et t'emporte, mais jamais loin de moi !

Ce soir, ton papa m'a demandé de l'épouser. Comme dans les contes de fée, tu sais : et ils eurent un joli bébé et se marièrent et ce ne fut que le début d'une longue et belle histoire. Les contes finissent toujours comme ça. Et parce que nous faisons les choses à notre manière, dans un désordre assumé et joyeux, ton papa a décidé que ce serait une bonne idée de caser le mariage au beau milieu de tout. De le caser à tes côtés. Et de n'en faire ni le début ni la fin de notre aventure, mais une étape. D'en faire une île, une planète, un sommet, un chalet, d'en faire une cabane au sommet d'un arbre, au cœur d'une forêt, d'en faire un havre de paix, un nid douillet. Et je vais l'épouser, oui. Je vais l'épouser, l'aimer, je vais y travailler dur et là encore, tu me connais, dès qu'il faut travailler, je suis là, prête à tout donner !

Certes tout ne sera pas parfait, je le sais et il le sait. Tout n'est jamais parfait ! Notre vie ne sera pas un long fleuve tranquille ni rien qui ressemble de près ou de loin à ces contes de fée dont nous parlions à l'instant. Tu feras des bêtises, tu pleureras, tu crieras. Nous payerons des factures et nous nous disputerons. Nous nous blesserons peut-être. Nous tomberons malades parfois. Nous nous irriterons de petits riens. Nous ferons des erreurs. Mais c'est toute la leçon que j'ai apprise et que je vais essayer de t'enseigner avec toute la douceur, toute la sollicitude et toute l'empathie possibles.

Nous ferons des erreurs et ce ne sera pas grave ! Nous aurons des moments de doute et des moments de tristesse, mais ce sera OK.

Car il y aura toujours, dans ces moments difficiles, l'espoir d'autres moments à venir. De moments de joie. De moments de tendresse. Il y aura toujours des livres à quoi se raccrocher. Des mots à créer. Il y aura toujours de l'amour à partager. De l'amour à l'infini. Dans un chaudron magique qui ne cessera jamais de se remplir et que personne ne pourra jamais parvenir à vider. Il y aura nos vies. Imparfaites, mais sublimes. À vivre pleinement.

Il y aura nous à être pleinement.

Et j'ai hâte de vivre doucement, lentement, patiemment, de te voir grandir, marcher, courir, danser, sauter, parler, dessiner et puis écrire. J'ai hâte tranquillement de te voir devenir. Et j'ai hâte tendrement de te découvrir aux côtés de celui que j'aime et qui s'est mêlé à moi pour te fabriquer toi. Tu es le fruit de notre amour, ma chérie. Nous sommes le fruit de ton amour. Et toi et nous sommes de merveilleux fruits, gorgés de vie.

Je t'aime.

Ta maman, pour toujours et à jamais…

PS : Il y a quelque temps, tata Bulle m'a proposé une chose toute simple : faire une liste de ce que je voulais dans ma vie. Ce que j'attendais de ma vie. Dans ma liste, il y avait toujours t'aimer. Dans ma liste, il y avait lire et écrire. T'écrire. Dans ma liste, il y avait ce qui fut mon objectif quand je t'attendais :

« Je veux, grâce à l'écriture, me reconnecter à moi-même pour mieux me connecter à mon bébé. »

Objectif atteint ! Je suis pleinement connectée et à toi et à moi ! Et à ton papa et ensemble nous formons un cercle parfait qui peut s'ouvrir et se refermer, ce cercle peut respirer, nous connecter au monde ou nous enlacer, nous protéger, nous envelopper et nous permettre de danser, ensemble, dans notre bulle…

28 octobre

C'est aujourd'hui l'anniversaire de Juliette. Nous sommes tous réunis à la maison. Toute la tribu. Bulle a passé la matinée à confectionner un gâteau absolument improbable, une cascade de bonbons au chocolat qui coule depuis un sachet qui lévite, comme par magie, et j'ai passé la matinée à mettre la dernière main à ce livre que je voulais terminer, symboliquement aujourd'hui.

Garance est là pour s'occuper d'Alma tandis que je finis d'écrire. Pour lui lire des histoires. Je les regarde à cet instant même. Alma ne quitte pas des yeux celle qui lui est une grande sœur et Garance est pleinement elle-même dans ce rôle. Attentive. Douce. Elle partage son coin du monde avec mon enfant ! Juliette n'est pas encore arrivée. Luc l'a emmenée faire des courses pour la maintenir loin de la maison et lui faire la surprise.

Et voici ce qu'il me restait à partager : Bulle, timidement presque, est venue me voir un soir, dans mon bureau sous les toits, il y a deux semaines. Les ateliers étaient terminés, nous nous apprêtions à fermer, tout était calme.

Elle est entrée et s'est éclairci la gorge. J'ai souri. Je me demandais ce qu'elle avait en tête. Elle n'est pas comme ça d'habitude, à prendre trop de précautions avant de se lancer.

Elle a sorti une liasse de feuillets de derrière son dos et me les a tendus sans un mot. Je les ai regardés. L'un après l'autre. C'étaient les plus jolis dessins que j'aie jamais vus. Ils donnaient l'impression d'avoir jailli d'une baguette de fée. Et c'est ce que je lui ai dit.

– Tu es une fée en plus d'un ange, donc ?

Et elle a ri. Un rire de clochettes qui s'est élevé dans le petit bureau, a commencé à voltiger, à se mêler aux parfums de gâteaux qu'elle transporte toujours avec elle et au doux tintinnabuli de ses bracelets... C'était comme un rire d'étoile. Et je m'y connais en rires d'étoiles ! C'était exactement comme ça.

– J'ai tellement aimé ta Plume. J'ai essayé de dessiner ce que cela m'inspirait. Tu aimes ?

– Oh, Bulle, ils sont merveilleux !

Et nous avons donc passé les deux semaines qui viennent de s'écouler à confectionner un véritable livre pour Juliette. Il y a mon histoire et les dessins de sa maman sur du très beau papier. Nous avons cousu les feuilles ensemble, nous y avons ajouté des perles et des plumes et nous avons placé le tout dans une très belle boîte que Luc a fabriquée, dans du papier de soie.

Et le plus fou, c'est que l'une des clientes de mon atelier d'écriture a vu le livre hier, alors que nous y mettions la dernière main. Elle a été émerveillée et elle veut le publier car elle est éditrice ! Bulle et moi sommes donc à nouveau ensemble, au cœur d'un nouveau projet ! Un livre ! À nous !

Et dans un instant, Juliette va arriver. Juliette sans qui ce livre n'aurait jamais existé !

– Tout est prêt, hein ! Claire, t'arrête avec ton ordinateur, d'accord ! C'est plus le moment, ma sœur, elle va arriver !

Naïs vient de se planter devant moi, elle fronce ses jolis sourcils.

– Encore une toute petite minute, ma puce !

Elle fronce maintenant son petit nez, mais s'en va gronder quelqu'un d'autre et je le prends pour une invitation à poursuivre, mais pas trop. Valentin fait le guet devant la fenêtre. Nous nous marierons le 21 juin prochain pour fêter le premier anniversaire de la venue au monde de notre trésor.

Il nous fait signe qu'il les voit arriver…

Bulle me regarde tendrement et nous nous sourions. Nous nous comprenons sans qu'il soit nécessaire de dire un mot.

Tout est bien. Je peux me retirer sur la pointe des pieds…

CŒUR DE PLUME

À Juliette

Plume était une enfant solaire et solitaire. Elle passait ses journées à regarder les autres courir, rire, jouer et crier.

Jusqu'à Chiara. Qui vint pour la première fois un lundi matin, après les vacances de Noël. Et Plume la vit. Et Plume lui sourit. Et elles commencèrent à courir, rire, jouer et crier. Elles devinrent de grandes amies et parce qu'elles devinrent de grandes amies, elles décidèrent un jour de s'avouer leurs secrets.

Chiara dit à Plume qu'elle était amoureuse d'Enzo. C'était facile d'être amoureuse d'Enzo car il n'était pas seulement intelligent. Il était aussi très gentil.

Plume aurait pu être amoureuse d'Enzo aussi, mais non, ce n'était pas là son secret.

– Je suis une ange ! avoua-t-elle à Chiara, en jouant à la marelle, alors qu'elle s'élançait vers le ciel.

– D'accord, répondit Chiara.

Et Plume se sentit légère, légère, si légère qu'une bourrasque de vent aurait pu suffire à lui faire quitter la terre pour de vrai.

Le lendemain, Chiara, qui avait longuement réfléchi à la question, demanda :

– Mais où sont tes ailes ?

– Je ne sais pas, répondit Plume. Je les ai perdues, je crois.

Et c'est ainsi que Chiara et Plume se lancèrent dans un projet de grande envergure, dans une drôle d'aventure, dans une quête éperdue, à la recherche des ailes perdues de Plume.

Elles cherchèrent partout. Dans leur classe, dans la cour de récré, dans le réfectoire, dans le préau, la salle info. Et même dans les toilettes. Mais les ailes de Plume n'étaient nulle part.

– Depuis quand les as-tu perdues ? avait demandé Chiara qui avait pris la tête des opérations avec une détermination et un sens de l'organisation impressionnants chez une si jeune enfant.

– Je ne sais pas, avait répondu Plume. Il y a longtemps, je crois.

Et Chiara ne lui en voulait pas de ne pas savoir. Parce que Plume était une ange et il était dans sa nature d'ange d'avoir la tête dans les nuages ou dans les étoiles ou dans n'importe quel autre coin du ciel, magnifique, exotique et fort, fort, fort lointain si bien que depuis tout là-haut, la terre devait être bien petite et il devait être facile d'y égarer des choses, le temps devait être bien élastique et il devait être facile d'y égarer des choses aussi.

– Nous allons devoir chercher ailleurs que dans l'école, invite-moi chez toi, d'accord.

Et Plume aimait cette façon qu'avait Chiara de ne pas poser les questions.

Elle invita donc Chiara chez elle, le week-end suivant, et Chiara était si heureuse qu'elle passa la journée à lui expliquer tous les recoins qu'elles comptaient fouiller pour y dénicher les ailes égarées. Elle était devenue incollable sur les questions d'ailes : elle pouvait passer des heures à en décrire la texture douce, aérienne et sucrée et la couleur blanche légèrement rosée.

– Tu parles de mes ailes comme d'une barbe à papa. Tu comptes les manger ? avait demandé Plume.

Et Chiara avait éclaté d'un rire d'oiseau, d'un rire de clochettes, d'un rire d'étoile filante, d'un rire parfait.

Elle était rentrée chez elle, avait informé ses parents qu'elle était invitée pour le week-end et que c'était très important car elle comptait aider sa meilleure amie à retrouver ses ailes, et ses parents, en retour, l'avaient informée qu'elle resterait à la maison.

– Tu n'as pas le temps pour ces bêtises ! Cette petite a une mauvaise influence sur toi !

– Mais c'est une ange ! s'était écriée Chiara.

– Vraiment n'importe quoi !

Le lendemain, Chiara avait dit à Plume :

– Tu vas devoir retrouver tes ailes sans moi !

Et Plume avait acquiescé.

Bientôt, Chiara avait changé d'école et Plume avait recommencé à regarder les enfants courir, rire, jouer et crier.

Elle aurait dû continuer sa quête, mais non. Sans Chiara, elle n'avait plus le goût de chercher.

Les semaines, les mois, les années passèrent et Plume finit par oublier qui elle était. Parfois, sa maman l'embrassait et lui disait :

– Je t'aime, mon ange !

Et cela lui rappelait bien quelque chose, un souvenir à la fois doux et amer, mais elle ne s'y attardait jamais.

Un jour, Plume reçut une lettre.

Retrouve-moi demain soir à la bibliothèque. 17 heures. J'ai trouvé !

Chiara

Le cœur de Plume se mit à battre si fort qu'elle dut se tenir la poitrine à deux mains de peur qu'il ne cherche à s'échapper et à courir à la bibliothèque sans elle.

Elle ne dormit pas cette nuit-là, ses grands yeux cherchant les étoiles, sa respiration douce tel un frémissement, une intuition de quelque chose de grand, et son cœur qui continuait de battre, de battre et de se cogner aux parois de son corps, son cœur grand ouvert comme ses yeux et qui semblait chanter une chanson douce et gaie, qui parlait d'amitié et de quête et d'un petit bonheur oublié, sur le point d'être retrouvé.

Le lendemain vint. S'étira lentement. Longuement. Interminablement. Et Plume rejoignit enfin la bibliothèque.

Elle la vit tout de suite. Et pensa : *Peut-on aimer d'un si grand amour quand on est si petit ?* Et elle se répondit : *Oui !*

Chiara était assise dans un fauteuil couleur jaune canari et lisait passionnément. Elle dut sentir le regard de Plume sur elle car elle leva les yeux.

– Tu es venue !

Elle posa son livre, se leva et serra son amie sur son cœur d'enfant avant de l'entraîner dans un coin reculé de la bibliothèque, dans un rayon où personne ne venait jamais. Elle montra les livres d'un geste enveloppant.

– J'ai lu tant de livres, dit-elle. Il m'a fallu du temps ! Ils étaient difficiles et pas tous très marrants, mais j'ai fini par trouver ce que je cherchais !

Plume la regardait avec ravissement, sentait son cœur s'agiter et sautiller et tournoyer et virevolter et vibrionner et tintinnabuler et chavirer gaiement.

Alors Chiara, avec des gestes amples et gracieux, retira la cape qu'elle portait et déploya deux ailes parfaites. D'un blanc légèrement rosé. Et d'une texture douce, aérienne et que l'on devinait sucrée. Plume tendit une main hésitante et caressa du bout des doigts le bout du bout d'une aile qui se mit à frémir tandis que Chiara éclatait de rire.

– Ça chatouille !

– Mais... Comment ? demanda Plume.

– J'ai travaillé d'arrache-pied, expliqua-t-elle. Je suis partie du principe que si nous ne retrouvions pas tes ailes, il n'y avait qu'à en créer de nouvelles ! J'ai tout lu sur le sujet, je sais tout et j'ai fini par comprendre que les anges ont un boulot bien précis : ils prennent soin. Alors, j'ai cherché à faire le bien. J'ai regardé autour de moi et tu n'imagines pas le nombre d'occasions qui se présentent chaque jour ! Ce monde est un véritable supermarché de la bonne action ! Il n'y avait vraiment qu'à se baisser et attraper tout ce que je pouvais. Alors c'est ce que j'ai fait ! J'ai aidé mes camarades en classe, j'ai aidé la maîtresse, j'ai aidé les dames de la cantine, j'ai aidé les gens dans la rue, j'ai aidé mes parents à la maison. J'ai donné mon goûter à d'autres qui avaient plus faim que moi, j'ai donné mes jouets à ceux qui en avaient moins que moi, j'ai donné mon temps, j'ai donné ma force à ceux qui n'en avaient pas, mon bras sur lequel s'appuyer, mes oreilles à qui avait besoin d'être écouté. J'ai donné ma gratitude à tous ceux qui me laissaient les aider. Et de tout ce temps, je ne t'ai jamais oubliée. Je savais que je te retrouverais. Je savais que, le moment venu, je te donnerais rendez-vous et que tu viendrais. Et en attendant, je t'ai donné mon amour. Chaque jour. J'ai pensé à toi, de toutes mes forces, j'ai demandé aux étoiles de te faire parvenir mes messages. Je ne sais pas si tu as senti comme je t'aimais, mais jamais je n'ai cessé et jamais je ne cesserai.

Elle reprit son souffle. Plume la regardait toujours. Sans rien dire. Mais avec un océan de gourmandise dans ses yeux habituellement si sages.

– Et puis hier matin, je me suis réveillée comme ça !

Elle jeta un coup d'œil affectueux et fier aux ailes majestueuses déployées dans son dos.

– J'avais gagné ! Si bien qu'aujourd'hui, en plus de mon amour, je veux te donner mes ailes ! Viens !

Et Plume s'approcha, fascinée, et Chiara se mit à lui tourner autour en riant de son rire d'oiseau, son rire de clochettes, son rire d'étoile filante, son rire parfait et tandis qu'elle tournoyait ainsi, Plume sentit son cœur se libérer en elle. Il explosa tel un feu d'artifice, retomba en une pluie légère et les recouvrit toutes deux de pétales de joie parfumés. Elles se prirent la main et se jurèrent de s'aimer pour la vie et lorsque leur farandole cessa, leur tête tournait et Chiara n'avait plus d'ailes et Plume n'en avait pas non plus.

– Je ne comprends pas, dit Chiara.

– J'ai retrouvé mes ailes, s'extasia Plume.

– Mais alors où sont-elles ?

– Là où elles ont toujours été. Je ne les avais pas perdues. Je les avais seulement perdues de vue !

Et Plume, un sourire aux lèvres plus doux que toutes les douceurs du monde, prit la main de Chiara et lentement, avec mille précautions, la plaça sur sa poitrine.

Chiara alors sentit le cœur de Plume, léger, qui voletait et le doux froissement des ailes déployées, portées par une brise légère, celle de l'amour en elle.

– Ton cœur a des ailes !

Et Plume mit sa main sur le cœur de Chiara. Sourit.

– Et le tien !

Plume et Chiara dansèrent longtemps et rirent longtemps dans la bibliothèque, leurs cœurs en fête voletant joyeusement au plus profond d'elles-mêmes.

Remerciements

À vous qui venez d'achever la lecture de ce roman, je tiens à adresser mes remerciements les plus émus et les plus sincères.

Écrire des livres est ce que j'aime le plus au monde et quand ces livres sont lus, partagés, aimés par d'autres, quand ils me permettent de me connecter à d'autres et de partager mon coin du monde avec eux, je suis pleinement heureuse !

Ce roman en particulier est un peu différent de ceux que j'ai écrits jusqu'ici car il m'a permis, pour la première fois, de traiter de problématiques que je rencontre dans ma pratique de coach et de sophrologue et de mêler ainsi mon métier, que j'aime passionnément, à l'écriture que j'aime tout autant.

La question du changement est centrale dans notre vie quotidienne. Nous vivons des moments difficiles, mais nous vivons aussi des moments exaltants grâce à ce que nous découvrons de nous-mêmes lorsque nous acceptons de nous lancer. J'ai voulu écrire un livre sur le changement et j'ai pensé que la grossesse était un bouleversement qui serait parfaitement à même d'illustrer mon propos. Une grossesse un peu compliquée bien sûr (mais pas trop quand même !), une grossesse qui allait permettre à une femme de se centrer et d'accoucher d'elle-même en même temps que de son bébé.

Et Claire m'est venue. Comme ça, tranquillement, comme si elle n'avait attendu que ça pour se montrer ! Et Bulle est venue dans la foulée.

Je ne peux finir sans remercier Malek, mon mari, sans lequel je ne pourrais ni écrire ni exercer mon métier. Toute ma gratitude à toi, mon ange ! Merci d'être là ! Et toute ma gratitude à nos enfants adorés pour leur soutien constant et leur confiance aveugle. Emma, Matis, je vous aime à l'infini !

Si vous désirez poursuivre l'aventure, je vous propose de découvrir des fiches pratiques sur la sophrologie, sur les valeurs, les besoins, les croyances et les limites, encore appelés nos fondamentaux, et sur la notion de changement qui est le fil rouge de ce roman.

Chaque fiche proposée est constituée de deux parties :

– Une partie théorique qui fait le point sur ce qu'il est essentiel de savoir sur la question ;

– Une partie pratique qui propose un décryptage du roman et de ses personnages, au regard de la notion en jeu.

Pour cela, retrouvez-moi sur mon site à l'adresse suivante :

https://www.alabonneheure-sophro-coaching.com/developpement-personnel

À bientôt !

Vous avez aimé
Une rencontre au bord de l'eau ?
Mais avez-vous lu le premier tome ?

Dépôt légal : janvier 2020 – n° d'impression : 201911.0134
Achevé d'imprimer en France par : Aubin Imprimeur